周国平 作品

全新修订版

我们都是

孤独的行路人

湖南文艺出版社
HUNAN LITERATURE AND ART PUBLISHING HOUSE

博集天卷
CS-BOOKY

从孤独中体验一种美、一种跟天地的交流。

一个人的灵魂只要足够深刻，

就会发现那藏在灵魂深处的东西就是孤独。

人生中有些时候，

我们会感觉到一种无可排遣的无聊。

这种心境无端而来，

无端而去，

昙花一现，

却是一种直接暴露人生根底的深邃的无聊。

即使我们所寻求的一切高于生存的目标，到头来是虚幻的，

寻求本身就使我们感到生存是有意义的，

从而能够充满信心地活下去。

哲学的沉思给了我们一种开阔的眼光，

使我们不致沉沦于劳作和消费的现代旋涡，

仍然保持住心灵生活的水准。

不论你学问多少、以何为生，

只要你思考人生，有所彻悟，

你就已经在这个世界里悠闲漫游了。

一个不问生活意义的人当然是不需要哲学的。

事实上，人们越是被世俗化潮流胁迫着拼搏在功利战场上，
生活在人生的表面，心中就越是为意义的缺失而困惑、而焦虑。

关心自己的灵魂，度一个有价值的人生。

目　录　　　　Contents　　　　　　　　　　　......

01 哲学开始于仰望天穹

02 探究存在之谜

03 哲学与我们的时代

04 人文精神的哲学思考

05 未经省察的人生没有价值

我 们 都 是 孤 独 的 行 路 人

01

哲学开始于仰望天穹

哲学开始于仰望天穹

哲学是从仰望天穹开始的。每个人在童年时期必定会有一个时刻，也许是在某个夏夜，抬头仰望，突然发现了广阔无际的星空。这时候，他的心中会油然生出一种神秘的敬畏感，一个巨大而朦胧的问题开始叩击他的头脑：世界是什么？这是哲学的悟性在心中觉醒的时刻。每个人心中都有这样的悟性，可是并非每个人都能够把它保持住。随着年龄增长，我们日益忙碌于世间的事务，上学啦，做功课啦，考试啦，毕业后更不得了，要养家糊口，发财致富，扬名天下，哪里还有闲工夫去看天空，去想那些"无用"的问题？所以，生活越来越繁忙，世界越来越喧闹，而哲学家越来越稀少了。

当然，对大多数人来说，这是不得已的，也是无可指责的。不过，如果你真的对哲学感兴趣，那你就最好把闲暇时看电视和玩游戏机的时间省出一些来，多到野外或至少是户外去，静静地看一会儿天，看一会儿云，看一会儿繁星闪烁的夜空。有一点我敢断言：对大自然的神秘无动于衷的人，是不可能真正领悟哲学的。

关于古希腊最早的哲学家泰勒斯，有一则广为流传的故事。有一回，他走在路上，抬头仰望天上的星象，如此入迷，竟然不小心掉进了路旁的一口井里。这情景被一个姑娘看见了，便嘲笑他只顾看天而忘了地上的事情。姑娘的嘲笑也许不无道理，不过，泰勒斯一定会回答她说，在无限的宇宙中，人类的活动范围是如此狭小，忙于地上的琐事而忘了看天是一种更可笑的无知。

包括泰勒斯在内的好几位古希腊哲学家同时又是天文学家，这大概不是偶然的。德国哲学家康德说，世上最使人惊奇和敬畏的两样东西就是头上的星空和心中的道德律。中国最早的哲学家老子、孔子、墨子、孟子也都曾默想和探究"天"的道理。地上沧桑变迁，人类世代更替，苍天却千古如斯，始终默默无言地覆盖着人类的生存空间，衬托出了人类存在的有限和生命的短促。它的默默无言是否蕴含着某种高深莫测的意味？它是神的居所还是物质的大自然？仰望天穹，人不由自主地震撼于时间的永恒和空间的无限，于是发出了哲学的追问：这无始无终无边无际的世界究竟是什么？

世界究竟是什么

　　古希腊哲人赫拉克利特说："我们不能两次踏进同一条河。"中国哲人孔子站在河岸上叹道："时间就像这条河一样昼夜不息地流逝着。"他们不约而同地都把时间譬作永远奔流的江河。不过，这个譬喻只能说明世界是永恒变化的，没有解答世界究竟是什么的问题。要说清楚世界究竟是什么，这是一件难事。

　　世间万物，生生不息，变易无常。在这变动不居的万物背后，究竟有没有一种持续不变的东西呢？世间万象，林林总总，形态各异。在这五花八门的现象背后，究竟有没有一个统一的东西呢？追问世界究竟是什么，实际上就是要寻找这变中之不变、这杂多中之统一。哲学家们把这种不变的统一的东西叫作"实体""本体""本根""本质"等等。如果说一切皆变，究竟是什么东西在变？变好像总是应该有一个承担者的。没有承担者，就像一台戏没有演员，令人感到不可思议。

譬如说，我从一个婴儿变成儿童、少年、青年、中年人，最后还要变成老年人。你若问是谁在变，我可以告诉你是我在变，无论我变成什么年龄的人，这个我仍然是我，在变中始终保持为一个有连续性的独立的生命体。同样道理，世界无论怎样变化，似乎也应该有一个不变的内核，使它仍然成其为世界。

最早的时候，哲学家们往往从一种或几种常见的物质形态身上去寻找世界的这种"本体"，被当作"本体"的物质形态有水、火、气、土等等。他们认为，世间万物都是由它们单独变来或混合而成。后来，古希腊哲学家留基伯和德谟克里特提出了一种影响深远的看法：万物的统一不在于它们的形态，而在于它们的结构，它们都是由一种相同的不可分的物质基本粒子组成的，这种基本粒子叫作原子。物理学在相当长的时期内曾经支持这个看法，但是现代物理学的发展已经对基本粒子的存在及其作用提出了一系列质疑。

另一些哲学家认为，既然一切物质的东西都是变化无常的，那么，使世界保持连续性和统一性的"本体"就不可能是物质的东西，而只能是某种精神的东西。他们把这种东西称作"理念""绝对精神"等等，不过，它的最确切的名称是"神"。他们仿佛已经看明白了世界这幕戏，无论它剧情如何变化，都是由神按照一个不变的剧本导演的。这种观点得到了宗教的支持。

在很长时期里，哲学被这两种观点的争论纠缠着。可是，事实上，这两种观点的根本出发点不同，谁也说服不了谁，是永远争论不出一个结果来的。值得注意的是，他们没有结果的争论引起了另一些哲学家的思考，对他们争论的问题本身产生了怀疑。

世界有没有一个开端

这里所说的"世界"是指宇宙。现代天文学和宇宙学已经很雄辩地证明，我们的地球、地球所属的太阳系、太阳系所属的银河系都是有一个开端的，并且必将有一个终结。但是，银河系只是宇宙的一个极小部分，整个宇宙有没有一个开端呢？

没有开端似乎是一件不可思议的事。我们每个人的生命、整个人类、世上万事万物都有一个开端，世界本身怎么会没有一个开端呢？没有开端意味着世界在到达今天的状态之前，已经走过了无限的路程，而无限的路程也就是走不完的路程，世界怎么能把这走不完的路程走完呢？

所以，出于常理，早期哲学家们往往喜欢给世界寻找一个开端。例如，赫拉克利特认为世界的开端是火，这火在冷却过程中形成了世间万物。可是，我们马上可以问：这火是从哪里来的呢？对此只有两种可能的回答。一种回答是，这火原来不存在，有一天突然无中生有地产生并且燃烧了起来，于是便有了世界。无中生有显然是荒唐的，为了避免这种荒唐，必须设定一个创造者，后来基督教正是这么做的。赫拉克利特采用的是另一种回答：这火是永恒存在着的，并且按照一定周期熄灭和燃烧，由此形成了万物又使万物复归于火。很明显，这个答案实际上意味着世界并没有一个开端，它是一个永恒循环的过程。

最坚决地主张世界有一个开端的是基督教。基督教认为，世界以及世间万物都是上帝用了六天工夫创造出来的。有人问：上帝在创造世界之前在做什么呢？公元五世纪的神学家奥古斯丁答道：时间是上帝所创造的世界的一个性质，在世界被创造之前并不存在。这个回答只是巧妙地回避了问题，却没有回答问题。它的意思是说，在上帝创造世界之前不存在时间，因而也不存在只有在时间中才能发生的一切，所以，你根本不能问在上帝创造世界之前发生了什么。然而，所谓"世界"应是无所不包的，包括一切存在，如果真有上帝，则上帝也包括在内。因此，既然在创世之前就存在着上帝，创世就不能算是世界的开端，我们不得不问：上帝从何而来，它有没有一个开端？其实，上帝创世说的真正含义是，我们可以理解的这个世界是必须有一个开端的，在此开端之前的是我们所不能理解的永恒，我们不该再去追问，"上帝"便是标志这个神秘的永恒的一个名称。

一般来说，科学家以及具有科学精神的哲学家都倾向于认为世界没有一个开端。可是，这种情况最近好像有了变化。当代宇宙学家提出了一个关于宇宙开端的令人震惊的假说，按照这个假说，发生在大约一百五十亿年前的一次"大爆炸"是宇宙的开端。不过，对这一假说感兴趣的读者不妨去读一读当代最权威的宇宙学家霍金写的《时间简史》，他在这本书里清楚地告诉我们，之所以把"大爆炸"看作宇宙的开端，仅仅是因为"大爆炸"彻底消灭了在它之前可能发生过的一切事件的痕迹，使它们对我们而言永远失去了任何可观测的效果。所以，严格地说，即使发生过"大爆炸"，它也不是宇宙的开端，而只是我们可能观测到的这一段宇宙历史的开端。

先有鸡还是先有蛋

先有鸡，还是先有蛋？这一个看上去很简单的问题好像难倒了所有人。宇宙有没有一个开端的问题其实与这个问题非常相似。

让我们来讨论一下这个问题。你当然知道，如果你说先有鸡，我会问你这只鸡从哪里来，如果你说先有蛋，我同样会问你这只蛋从哪里来，所以这两个答案都是不可取的。你很可能会用进化论来解释，当某种动物进化成鸡的时候，这种动物的蛋也就变成了鸡的蛋，所以鸡和蛋几乎是同时产生的，不能分出先后。事实上，许多人都是这么回答的。可是，这种回答只是把问题往前推了，因为对在鸡之前的那种动物——比方说某种鸟——来说，问题仍然存在：先有这种鸟，还是先有这种鸟的蛋？即使一直推到植物，我仍然可以问：先有这种植物，还是先有这种植物的种子？推到靠细胞分裂来繁殖的单细胞生物，我仍然可以问：先有这种单细胞生物，还是先有它的分裂？在所有这些场合，问题仍是那同一个问题，问题的性质丝毫没有变。那么，我们还是回到鸡和蛋的例子上来吧。

这个问题的难点在于，我们既不能追溯到第一只鸡，它不是蛋孵出来的，也不能追溯到第一只蛋，它不是鸡生出来的。在鸡与蛋的循环中，我们不能找到一个开端。然而，没有开端又似乎是荒谬的，我们无法想象在既没有第一只鸡也没有第一只蛋的情况下，怎么会有现在的鸡和蛋。

世界有没有一个开端的问题只是在无限大的规模上重复了这个难题。难题的实质也许在于，我们不能接受某个结果没有原因。如果你为世界确定了一个开端，就必定要面对这个问题：造成这个开端的原因是什么？无论你把原因归结为世界在这开端之前的某种状态还是上帝，你实际上都已经为这个开端本身指出了一个更早的开端，因而也就不称其为开端了。如果你否认世界有一个开端，也就是否认世上发生的一切事件有一个初始的原因，那么，没有这个初始的原因，后来的这一切事件又如何能作为结果发生呢？我们的思想在这里陷入了两难的困境。康德认为这个困境是人类思想无法摆脱的，他称之为"二律背反"。但是，也有的哲学家反对他的看法，认为这个困境是由我们思想方法的错误造成的，譬如说，用因果关系的模式去套宇宙过程就是一种错误的思想方法。

这两种看法究竟哪种对，哪种错？我建议你不妨再仔细想想鸡与蛋的问题，然后再加以评论。

宇宙在空间上有没有边界

宇宙在空间上有没有边界？让我们就这个问题进行一场对话。我问，你答，当然是由我琢磨和写出你的可能的回答。

问：首先让我们假定宇宙是无限的，它没有边界。请你想象一下这个没有边界的无限的宇宙是什么样子的，然后告诉我。

答：它四面八方都没有界限。

问：你这话只是重复了我的问题，我要问的正是这个"没有界限"是什么样子。

答：我先想到我们的地球、太阳系、银河系，接着想到在银河系外还有别的星系，别的星系外还有别的星系，这样一直推到无限远。

问：对了，我们是不可能直接想象没有边界的东西的。为了想象没有边界的东西，我们先想象它的一个部分，这个部分是有边界的，然后再想象与它相邻的一个部分，这样逐步扩展和综合。但是，不管你想象了多少部分并且把它们综合起来，你得到的结果仍然是一个有边界的有限的东西。你所说的"这样一直推到无限远"只是一句空话，你在想象中不可能真正做到。

答：我承认我做不到。当我的想象力试图向无限远推进时，它就停了下来，我只好用语言来帮助它，对自己说：就这样一直推进吧……

问：正是这样。这说明我们无法想象一个没有边界的宇宙。现在让我们假定宇宙是有边界的，请你想象一下，在它的边界之外有什么东西？

答：应该是没有任何东西，否则就不称其为边界了。

问：你说得对。如果仍有东西，我们就必须把它的边界定位在那些东西的外侧，直到没有任何东西为止。这就是说，在它的边界之外只有空无。现在你遇到和刚才相似的麻烦了：你必须想象宇宙边界之外的空无，这空无没有边界。

答：我想象不了。

问：由此可见，不管宇宙有没有边界，都是不可思议的。

在上面的对话中，我们基本上重复了康德的一段议论。其实，他在论证宇宙既不可能没有边界又不可能有边界时，所依据的是同一个理由：我们无法想象无限的空间，不管这空间是空的还是充满着物体的。如果要我选择，我宁可相信宇宙是没有边界的，因为想象有内容的无限毕竟还可以从它的有限部分开始，想象空无的无限连这样的起点也找不到。

现代宇宙学家在爱因斯坦的广义相对论的基础上提出了一个假

说：我们这个宇宙在空间上是有限而没有边界的。有限怎么会没有边界呢？因为它的空间是弯曲而封闭的引力场，这空间既不和虚空也不和别的物体接界。至于在我们的宇宙之外还有没有别的宇宙，我们永远不会知道，因此不必去考虑。可惜的是，哲学往往不听科学的规劝，偏要考虑那些不可知的事。我们无法压抑自己的好奇：如果在我们的有限宇宙之外的既非虚空，又非别的宇宙，那会是什么东西呢？

时间之谜

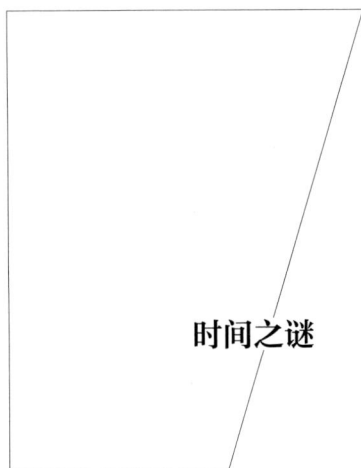

在世上一切东西中，时间是最难解的谜之一。时间是什么？你也许会说，时间就是秒、分钟、小时、日、月、年等等。不错，我们是用这些尺度来衡量时间的，可是那被衡量的东西是什么？

人们曾经相信，时间是由无数瞬间组成的，瞬间与瞬间之间彼此连接，不可分割，并且以均匀的速度前后相续，就这样从过去向未来延伸。如果画在纸上，就是一条箭头指向前方的直线。这便是从古希腊一直延续到牛顿的"绝对时间"的观念。爱因斯坦用他所创立的相对论打破了这个观念，他发现，对处在不同空间和运动速度中的人来说，时间的量度是不同的。假如有一对双胞胎，老大是宇宙飞行员，以接近于光速的速度在宇宙中航行，老二在地球上生活，当老大回到地面时，他会比老二年轻许多。这便是所谓"相对时间"的观念。不过，相对论只是说明了时间量度与空间和运动速度的相对关系，并未告诉我们时间本身是什么。

不管我们把时间描绘成一条直线还是一条曲线，我们只能生活在当下这个瞬间。你说你今年十五岁了，你已经活了十五个年头，可是这过去的十五个年头在哪里？假定你还能活八十年，这未来的八十年又在哪里？至于当下这个瞬间，它也是转瞬即逝的，你还来不及喊出"现在"这个词，"现在"就已经成了过去。那么，究竟有没有时间这回事呢？由于在外部世界中似乎找不到时间的客观根据，有些哲学家就试图在人的主观世界中发现时间的秘密。例如，康德认为，时间是人的感觉的先天形式，人把它投射到了外部世界中。法国哲学家柏格森认为，在外部物理世界中只有空间，没有时间，因为我们在那里看不到物体在时间中的延续，只能看见物体在空间中的伸展；相反，在我们的内在心理世界中只有时间，没有空间，时间就是我们的意识状态的前后相续和彼此渗透。在每一个瞬间，我们都能够体验到记忆和想象、过去和未来的交织，从而体验到时间的真正延续。不过，这种时间是不能用人工规定的尺度来衡量的，譬如说，无论你怎样用心，你都不能通过内心体验来获知自己的年龄。

很显然，柏格森所说的时间与牛顿所说的时间完全是两码事。那么，究竟是存在着两种时间呢，还是其中一种为真，另一种为假，或者它们都只是虚构？迄今为止，关于时间已经有过许多不同的定义，例如：一、时间是物质存在的客观形式；二、时间是运动着的物体的一种动力量；三、时间是人类所制订的测量事物运动变化的尺度；四、时间是人类特有的生存方式；五、时间是人类固有的感觉形式；六、时间是一种内心体验。在这些定义中，你赞成哪一个？

因果之间有必然联系吗

世上发生的每一件事必定是有原因的，如果没有原因，就不会有任何事情发生。这个道理好像是十分清楚的。可是，让我们来看看，从这个似乎清楚的道理会推出怎样荒谬的结论。

譬如说，有一个人出门，当他经过一幢房屋时，屋顶上掉下一块石头，把他砸死了。按照上面的道理，我就要问你：他为什么被砸死？你一定会分析说：因为当时刮了一阵大风，把石头吹下来了，而他刚好经过。当你这么分析时，你实际上提到了两件事作为他被砸死的原因，一是当时刮风吹落石头，二是他刚好经过。所以我要继续问你：一、为什么当时会刮风，并且把石头吹落？二、为什么他会在这个时候经过那里？对前一个问题，你就会分析气流变化如何导致刮风，年久失修如何导致屋顶石头松动，等等；对后一个问题，你就会解释这个人为了什么事出门，为何走这条路线，等等。你的每一次回答都涉及更多的事件，因而我可以不断地问下去，以至于无穷。

照这样分析，这个人被砸死是必然的吗？有些哲学家就是这样认为的。在他们看来，世上每件事情作为结果都必有其原因，当然往往不止一个原因，是这些原因共同作用的结果，而这些原因中的每一个又是更早的一些原因的结果，如此组成了一张延伸到无穷远的因果关系的大网，在这张大网上，每一件事的发生都是必然的。

你也许会反驳说：不对，尽管这个人被砸死是有原因的，但有原因不等于必然。譬如说，他在刚出门时也许遇见了一个熟人，他和熟人聊了一会儿天，这才导致当石头落下时他刚好到达现场，所以被砸死了。如果他不遇见那个熟人，石头落下时他就已经越过了现场，也就不会被砸死了。可见他被砸死是偶然的。

但是，按照上面的道理，我会说：那个熟人之所以在那个时候经过他家的门口也是有原因的，这些原因加上他这方面的原因决定了他在出门时必定会遇见那个熟人，必定被耽搁了一会儿，必定被砸死。

难道这个可怜的家伙非被砸死不可吗？这好像太荒谬了。可是，在上述那些哲学家看来，这并无荒谬之处，我们之所以觉得荒谬是因为我们未看到事情的前因后果。如果我们能够像上帝一样居高临下地看清楚世上从过去到未来的一切事情之间的全部因果关系，就会知道每一件事情都是必然的了。但这是不可能的，而正因为不能弄清导致某些事情发生的全部原因，我们才误认为它们是偶然的。

在哲学史上，这种观点被称作机械决定论。为了反驳这种观点，有些哲学家就试图划清因果性和必然性的界限。他们承认，有果必有因，有因必有果，但他们强调，原因和结果之间并没有必然的联系。确定的原因 a 未必导致确定的结果 e，而只是规定了一组可能的结果 e、f、g、h，其中 e 的实现也许具有较大的可能性，但究竟哪个结果会实现终归是带有偶然性的。这个解释好像也不太能自圆其说。如果问他们：在这一组可能的结果中，为什么恰好是 e 这个结果而不是别的结果实现了呢？他们或许只能回答说没有原因，而这就等于承认有果未必有因，从而放弃了因果性原则，或者必须为此另找原因 b，而这就等于说原因 a+b 必然导致结果 e，从而仍把因果性和必然性等同起来了。

是否存在因果关系

冬天的夜晚，大雪纷飞。白天，太阳出来了，晒在积雪上，雪融化了。问你：雪融化的原因是什么？

你一定回答：是因为太阳晒。

可是，你只能看到太阳晒和雪融化这样两个不同的事实，你没有看见它们之间的因果关系，凭什么推断前一个事实是后一个事实的原因呢？

你也许会说：我们可以通过温度计测量出太阳晒导致了雪的温度升高，又测量出雪的温度升高到一定的度数会融化，这就证明了两者之间有因果关系。

可是，你这样做只是插进了更多的无法感知的因果关系，你能看到太阳晒和温度计的水银柱升高、水银柱升高和雪融化，但你仍然不能看到其间的因果关系。哪怕你搬出显微镜，通过显微镜看到水分子在太阳照射下运动加剧，水分子之间的距离增加，以此来证明太阳晒与雪融化之间有因果关系，我也仍然可以反问你：你只是看到了太阳晒、水分子的运动、雪融化这三个事实，可是你看到它们之间的因果关系没有呢？无论你运用多么精密的仪器进行观察和实验，你看到的都只能是一个个事实以及它们之间同时或相继出现的关系，从这种关系永远不能推断出因果关系。

我在这里所说的正是十八世纪英国哲学家休谟的看法。他不但否认因果之间有必然联系，而且否认任何因果关系的存在。他的观点可以归结为两点：第一，我们的感官只能感知个别的事实，并不能感知事实之间有没有因果关系。仅仅由于某些事实经常集合在一起先后或同时被我们感知，我们便推断它们之间有因果关系。所以，所谓因果关系只不过是我们的习惯性联想，至于实际上是否存在，我们永远也无法知道。第二，所谓因果关系是一事实必然导致另一事实的关系，可是，观察和实验总是有限的，不管我们多少次看到两个事实同时或相继出现，我们也不能据此断定它们永远如此。即使你天天早晨看到太阳升起，你也不能据此断定明天早晨太阳也一定升起。经验只能说明过去，不能说明未来，从经验中不能得出永远有效的必然判断。

不管休谟的看法是对是错，有几分道理，终究对后来的哲学家产生了重大影响。他之后的哲学家对因果关系往往持比较慎重的态度，他们或者只把它看作或然关系，即一事实很可能（不是必然）导致另一事实，或者只把它看作我们用来整理经验材料的一种必要的思想方式。那么，在客观事物之间是否存在着必然的因果关系呢？

很可能存在，不过，如果你不满足于仅仅抱有这个信念，而是想从理论上证明它，你就会发现这不是一件容易的事。迄今为止，还没有一个哲学家能够令人信服地做到这一点呢。也许你能，那就不妨试一试。

自然有没有一个目的

我先问你一个小问题：人的鼻孔为什么是朝下的？你大约会说：当然得朝下，如果朝上，下雨时雨水不就要灌进去了吗。好了，你的这个回答表达了一种哲学观点，它在哲学史上被称作目的论。

世界真奇妙，令人不由自主地惊叹大自然的独具匠心，冥冥中是否有一种有目的的安排。你看，太阳给地球以适度的光和热，使百草茂盛，万物生长。植物有根吸收水分和养料，有叶接受阳光，有花繁殖后代。动物的器官各有各的用处。最奇妙的是人类的存在，造物主赋予我们以智慧的头脑和情感的心灵，仿佛就是为了让我们来思考和欣赏它所创造的这个美丽的世界。

然而，对于同样的现象，完全可以做出不同的解释。例如，你既可以说鼻孔朝下是为了不让雨水灌进去，这是目的论的解释；也可以说这是自然选择的结果，也许曾经有过一些鼻孔朝上的生物，由于不适于生存而被淘汰了，这是因果论的解释。这两种解释都有不能自圆其说的地方。一方面，如果自然的变化没有一个目的，它为什么要把不适于生存的物种淘汰，只留下适于生存的物种呢？可见它至少有一个目的，那就是促进生存。另一方面，如果自然真有一个目的，它为什么要创造出许多不适于生存的物种然后又把它们消灭，为什么要用洪水、地震、瘟疫等无情地毁灭掉它好不容易创造出的生命？可见所谓目的只是一种断章取义的解释。

其实，这两种解释之间的差异并不像看上去的那么大。因果论的解释从现状出发向过去追溯，把过去的事件当作原因来解释现状。目的论的解释从过去出发向现状推演，把现状当作目的来解释过去的事件。这两种解释推至极端，便会殊途同归，同样导致宿命论。说世上一切事情都是由因果关系的铁的必然性所决定的，或者说它们是由上帝按照一定的目的安排好的，我很难看出这两种说法有什么实质的区别。

那么，还有没有别种解释呢？有的，那就是偶然论的解释。这种理论认为，整个宇宙是一种完全没有秩序的混乱，在这片混乱中，在一个相对而言极狭小的区域里，之所以会形成一个比较有秩序的世界，诞生了我们的星系、地球、地球上的生命以及人类，纯粹是偶然的。这就好比一则英国故事所形容的：有一群猴子围着一台打字机敲打键盘，打出了许多毫无意义的字母。可是有一回，它们打出的字母居然连缀成了一首莎士比亚的短诗。你能说它们是有意要打这首诗的吗？当然不能。你能找出它们打出这首诗的必然原因吗？肯定也不能。所以，除了用纯粹的偶然性来解释外，你别无选择。

如果把自然理解为整个宇宙，情形正是如此。当然，这不排斥在一个狭小的范围内，即在我们所生活的这个比较有秩序的宇宙区域内，事物的发展呈现出某种因果性或目的性的表征。但是，你不要忘记，这种因果性和目的性的表征只有非常相对的意义，它们是从宇宙的大混沌中纯粹偶然地产生的，并且终将消失在这个大混沌之中。

杞人是一位哲学家

河南有个杞县，两千多年前出了一个忧天者，以此而闻名中国。杞县人的这位祖先，不好好地过他的太平日子，偏要胡思乱想，竟然担忧天会塌下来，令他渺小的身躯无处寄存，为此而睡不着觉，吃不进饭。他的举止被当时某个秀才记录了下来，秀才熟读教科书，一眼便看出忧天违背常识，所以笔调不免带着嘲笑和优越感。靠秀才的记录，这个杞人从此作为庸人自扰的典型贻笑千古。听说直到今天，杞县人仍为自己有过这样一个可笑的祖先而感到羞耻，仿佛那是一个笑柄，但凡有人提起，便觉几分尴尬。还听说曾有当权者锐意革新，把"杞人忧天"的成语改成了"杞人胜天"，号召县民们用与天奋斗的实际行动洗雪老祖宗留下的忧天之耻。

可是，在我看来，杞县人是不应该感到羞耻，反而应该感到光荣的。他们那位忧天的祖先哪里是什么庸人，恰恰相反，他是一位哲学家。试想，当所有的人都在心安理得地过日子的时候，他却把眼光超出了身边的日常生活，投向了天上，思考起了宇宙生灭的道理。诚然，按照常识，天是不会毁灭的。然而，常识就一定是真理吗？哲学岂不就是要突破常识的范围，去探究常人所不敢想、未尝想的宇宙和人生的根本道理吗？我们甚至可以说，哲学就是从忧天开始的。在古希腊，忧天的杞人倒是不乏知己。亚里士多德告诉我们，赫拉克利特和恩培多克勒都认为天是会毁灭的。古希腊另一个哲学家阿那克萨哥拉则根据陨石现象断言，天由石头构成，剧烈的旋转运动使这些石头聚在了一起，一旦运动停止，天就会塌下来。不管具体的解释多么牵强，关于天必将毁灭的推测却是得到了现代宇宙学理论的支持的。

也许有人会说，即使天真的必将毁灭，那日子离杞人以及迄今为止的人类还无限遥远，所以忧天仍然是可笑而愚蠢的。说这话的意思是清楚的，就是人应当务实，更多地关心眼前的事情。人生不满百，亿万年后天塌不塌下来，人类毁不毁灭，与你何干？但是，用务实的眼光看，天下就没有不可笑不愚蠢的哲学了，因为哲学本来就是务虚，之所以要务虚，则是因为人有一颗灵魂，使他在务实之外还要玄思，在关心眼前的事情之外还要追问所谓终极的存在。当然，起码的务实还是要有的，即使是哲学家也不能不食人间烟火，所以，杞人因为忧天而"废寝食"倒是大可不必。

按照《列子》的记载，经过一位同情者的开导，杞人"舍然大喜"，不再忧天了。唉，咱们总是这样，哪里出了一个哲学家，就会有同情者去用常识开导他，把他拉扯回庸人的队伍里。中国之缺少哲学家，这也是原因之一吧。

02

探究存在之谜

探究存在之谜

一

如同一切"文化热"一样，所谓"昆德拉热"也是以误解为前提的。人们把道具看成了主角，误以为眼前正在上演的是一出政治剧，于是这位移居巴黎的捷克作家便被当作一个持不同政见的文学英雄受到了欢迎或者警惕。

现在，随着昆德拉的文论集《小说的艺术》中译本的出版，我祝愿他能重获一位智者应得的宁静。

昆德拉最欣赏的现代作家是卡夫卡。当评论家们纷纷把卡夫卡小说解释为一种批评资本主义异化的政治寓言的时候，昆德拉却赞扬它们是"小说的彻底自主性的出色样板"，指出其意义恰恰在于它们的"不介入"，即在所有政治纲领和意识形态面前保持完全的自主。

"不介入"并非袖手旁观，"自主"并非中立。卡夫卡也好，昆德拉也好，他们的作品即使在政治的层面上也是富于批判意义的。但是，他们始终站得比政治更高，能够超越政治的层面而达于哲学的层面。如同昆德拉自己所说，在他的小说中，历史本身是被当作存在境况而给予理解和分析的。正因为如此，他们的政治批判也就具有了超出政治的人生思考的意义。

高度政治化的环境对于人的思考力具有一种威慑作用，一个人哪怕他是笛卡儿，在身历其境时恐怕也难以怡然从事"形而上学的沉思"。面对血与火的事实，那种对于宇宙和生命意义的"终极关切"未免显得奢侈。然而，我相信，一个人如果真是一位现代的笛卡儿，那么，无论他写小说还是研究哲学，他都终能摆脱政治的威慑作用，使得异乎寻常的政治阅历不是阻断而是深化他的人生思考。

鲁迅曾经谈到一种情况：呼唤革命的作家在革命到来时反而沉寂了。我们可以补充一种类似的情况：呼唤自由的作家在自由到来时也可能会沉寂。仅仅在政治层面上思考和写作的作家，其作品的动机和效果均系于那个高度政治化的环境，一旦政治淡化（自由正意味着政治淡化），他们的写作生命就结束了。他们的优势在于敢写不允许写的东西，既然什么都允许写，他们还有什么可写的呢？

比较起来，立足于人生层面的作家有更耐久的写作生命，因为政治淡化原本就是他们的一个心灵事实。他们的使命不是捍卫或推翻某种教义，而是探究存在之谜。教义会过时，而存在之谜的谜底是不可能有朝一日被穷尽的。

所以，在移居巴黎之后，昆德拉的作品仍然源源不断地问世，我对此丝毫不感到奇怪。

二

在《小说的艺术》中，昆德拉称小说家为"存在的勘探者"，而把小说的使命确定为"通过想象出的人物对存在进行深思"，"揭示存在的不为人知的方面"。

昆德拉所说的"存在"，直接引自海德格尔的《存在与时间》。尽管这部巨著整个是在谈论"存在"，却始终不曾给"存在"下过一个定义。海德格尔承认："'存在'这个概念是不可定义的。"我们只能约略推断，它是一个关涉人和世界的本质的范畴。正因为如此，存在是一个永恒的谜。按照尼采的说法，哲学家和诗人都是"猜谜者"，致力于探究存在之谜。那么，小说的特点何在？在昆德拉看来，小说的使命与哲学、诗并无二致，只是小说拥有更丰富的手段，它具有"非凡的合并能力"，能把哲学和诗包容在自身中，而哲学和诗却无能包容小说。

在勘探存在方面，哲学和诗的确各有自己的尴尬。哲学的手段是概念和逻辑，但逻辑的绳索不能套住活的存在。诗的手段是感觉和意象，但意象的碎片难以映显完整的存在。很久以来，哲学和诗试图通过联姻走出困境，结果好像并不理想，我们读到了许多美文和玄诗，也就是说，许多化装为哲学的诗和化装为诗的哲学。我不认为小说是唯一的乃至最后的出路，然而，设计出一些基本情境或情境之组合，用它们来包容、联结、贯通哲学的体悟和诗的感觉，也许是值得一试的途径。

昆德拉把他小说里的人物称作"实验性的自我"，其实质是对存在的某个方面的疑问。例如，在《不能承受的存在之轻》中，托马斯大夫是对存在之轻的疑问，特丽莎是对灵与肉的疑问。事实上，它们都是作者自己的疑问，推而广之，也是每一个自我对于存在所可能具有的一些根本性困惑，昆德拉为之设计了相应的人物和情境，而小说的展开便是对这些疑问的深入追究。

关于"存在之轻"的译法和含义，批评界至今众说纷纭。其实，只要考虑到昆德拉使用的"存在"一词的海德格尔来源，许多无谓的争论即可避免。"存在之轻"就是人生缺乏实质，人生的实质太轻飘，所以使人不能承受。在《小说的艺术》中，昆德拉自己有一个说明："如果上帝已经走了，人不再是主人，谁是主人呢？地球没有任何主人，在虚空中前进。这就是存在的不可承受之轻。"可见其含义与"上帝死了"的命题一脉相承，即指人生根本价值的失落。对托马斯来说，人生实质的空无尤其表现在人生受偶然性支配上，使得一切真正的选择成为不可能，而他所爱上的特丽莎便是绝对偶然性的化身。另一方面，特丽莎之受灵与肉问题的困扰，又是和托马斯既爱她又同众多女人发生性关系这一情形分不开的。两个主人公各自代表对存在的一个基本困惑，同时又构成诱发对方困惑的一个基本情境。在这样一种颇为巧妙的结构中，昆德拉把人物的性格和存在的思考同步推向了深入。

我终归相信，探究存在之谜还是可以用多种方式的，不必是小说；用小说探究存在之谜还是可以有多种写法的，不必如昆德拉。但是，我同时也相信昆德拉的话："没有发现过去始终未知的一部分存在的小说是不道德的。"不但小说，一切精神创作，唯有对人生基本境况做出了新的揭示，才称得上伟大。

三

昆德拉之所以要重提小说的使命问题，是因为他看到了现代人的深刻的精神危机，这个危机可以用海德格尔的一句名言来概括，就是"存在的被遗忘"。

存在是如何被遗忘的？昆德拉说："人处在一个真正的缩减的旋涡中，胡塞尔所讲的'生活的世界'在旋涡中宿命般地黯淡，存在堕入遗忘。"

缩减仿佛是一种宿命。我们刚刚告别生活一切领域缩减为政治的时代，一个新的缩减旋涡又更加有力地罩住了我们。在这个旋涡中，爱情缩减为性，友谊缩减为交际和公共关系，读书和思考缩减为看电视，大自然缩减为豪华宾馆里的室内风景，对土地的依恋缩减为旅游业，真正的精神冒险缩减为假冒险的游乐设施。要之，一切精神价值都缩减成了实用价值，永恒的怀念和追求缩减成了当下的官能享受。当我看到孩子们不再玩沙和泥土，而是玩电子游戏机，不再知道白雪公主，而是津津乐道卡通片里的机器人的时候，我心中明白一个真正可怕的过程正在地球上悄悄进行。我也懂得了昆德拉说这话的沉痛："明天当自然从地球上消失的时候，谁会发现呢？……末日并不是世界末日的爆炸，也许没有什么比末日更为平静的了。"我知道他绝非危言耸听，因为和自然一起消失的还有我们的灵魂，我们的整个心灵生活。上帝之死不足以造成末日，真正的世界末日是在人不图自救、不复寻求生命意义的那一天到来的。

可悲的是，包括小说在内的现代文化也卷入了这个缩减的旋涡，甚至为之推波助澜。文化缩减成了大众传播媒介，人们不复孕育和创造，只求在公众面前频繁亮相。小说家不甘心于默默无闻地在存在的某个未知领域里勘探，而是把眼睛盯着市场，揣摩和迎合大众心理，用广告手段提高知名度，热衷于挤进影星、歌星、体育明星的行列，和他们一起成为电视和小报上的新闻人物。如同昆德拉所说，小说不再是作品，而成了一种动作，一个没有未来的当下事件。他建议比自己的作品聪明的小说家改行，事实上他们已经改行了——他们如今是电视制片人、文化经纪人、大腕、款爷。

正是面对他称之为"媚俗"的时代精神，昆德拉举起了他的堂吉诃德之剑，要用小说来对抗世界性的平庸化潮流，唤回对被遗忘的存在的记忆。

四

然而，当昆德拉谴责媚俗时，他主要还不是指那种制造大众文化消费品的通俗畅销作家，而是指诸如阿波利内尔、兰波、马雅可夫斯基、未来派、前卫派这样的响当当的现代派。这里我不想去探讨他对某个具体作家或流派的评价是否公正，只想对他抨击"那些形式上追求现代主义的作品的媚俗精神"表示一种快意的共鸣。当然，艺术形式上的严肃的试验是永远值得赞赏的，但是，看到一些艺术家怀着唯恐自己不现代的焦虑和力争最现代超现代的激情，不断好新骛奇，渴望制造轰动效应，我不由得断定，支配着他们的仍是大众传播媒介的那种哗众取宠精神。

现代主义原是作为对现代文明的反叛崛起的，它的生命在于真诚，即对虚妄信仰的厌恶和对信仰失落的悲痛。不知何时，现代主义也成了一种时髦，做现代派不再意味着超越于时代之上，而是意味着站在时代前列，领受的不是冷落，而是喝彩。于是，现代世界的无信仰状态不再使人感到悲凉，反倒被标榜为一种新的价值大放其光芒，而现代主义也就蜕变成了掩盖现代文明之空虚的花哨饰物。

所以，有必要区分两种现代主义：一种是向现代世界认同的时髦的现代主义，另一种是批判现代世界的"反现代的现代主义"。昆德拉强调后一种现代主义的反激情性质，指出现代最伟大的小说家都是反激情的，并且提出一个公式：小说＝反激情的诗。一般而言，艺术作品中激情外露终归是不成熟的表现，无论在艺术史上还是对艺术家个人而言，浪漫主义均属于一个较为幼稚的阶段。尤其在现代，面对无信仰，一个人如何能怀有以信仰为前提的激情？其中包含着的矫情和媚俗是不言而喻的了。一个严肃的现代作家则敢于正视上帝死后重新勘探存在的艰难使命，他是现代主义的，因为他怀着价值失落的根本性困惑，他又是反现代的，因为他不肯在根本价值问题上随波逐流。那么，由于在价值问题上的认真态度，毋宁说"反现代的现代主义"蕴含着一种受挫的激情。这种激情不外露，默默推动着作家在一个没有上帝的世界上继续探索存在的真理。

倘若一个作家清醒地知道世上并无绝对真理，同时他又不能抵御内心那种形而上的关切，他该如何向本不存在的绝对真理挺进呢？

昆德拉用他的作品和文论告诉我们，小说的智慧是非独断的智慧，小说对存在的思考是疑问式的、假说式的。我们确实看到，昆德拉在他的小说中是一位调侃能手，他调侃一切神圣和非神圣的事物，调侃历史、政治、理想、爱情、性、不朽，借此把一切价值置于问题的领域。然而，在这种貌似玩世不恭下面，蕴藏着一种根本性的严肃，便是对于人类存在境况的始终一贯的关注。他自己不无理由地把这种写作风格称作"轻浮的形式与严肃的内容的结合"。说到底，昆德拉是严肃的，一切伟大的现代作家是严肃的。倘无这种内在的严肃，轻浮也可流为媚俗。在当今文坛上，那种借调侃一切来取悦公众的表演不是正在走红吗？

从生存向存在的途中

兽和神大约都不会无聊。兽活命而已，只有纯粹的生存。神充实自足，具备完满的存在。兽、人、神三界，唯有夹在中间的人才会无聊，才可能有活得没意思的感觉和叹息。

无聊的前提是闲。当人类必须为生存苦斗的时候，想必也无聊不起来。我们在《诗经》或《荷马史诗》里几乎找不到无聊这种奢侈的情绪。要能闲得无聊，首先必须仓廪实，衣食足，不愁吃穿。吃穿有余，甚至可以惠及畜生，受人豢养的猫狗之类的宠物也会生出类似无聊的举态，但它们已经无权称作兽。

当然，物质的进步永无止境，仓廪再实，衣食再足，人类未必闲得下来。世上总有闲不住的阔人、忙人和勤人，另当别论。

一般来说，只要人类在求温饱之余还有精力，无聊的可能性就存在了。席勒用剩余精力解释美感的发生。其实，人类特有的一切好东西坏东西，其发生盖赖于此，无聊也不例外。

有了剩余精力，不释放出来是很难受的。"饱食终日，无所用心，难矣哉！"孔子就很明白这难受劲，所以他劝人不妨赌博下棋，也比闲着什么事不做好。"难矣哉"，林语堂解为"真难为他们""真亏他们做得出来"，颇传神，比别的注家高明。闲着什么事不做，是极难的，一般人无此功夫。所谓闲，是指没有非做不可的事，遂可以自由支配时间，做自己感兴趣的事。闲的可贵就在于此。兴趣有雅俗宽窄之别，但大约人人都有自己感兴趣的事。麻将扑克是一种兴趣，琴棋诗画是一种兴趣，拥被夜读是一种兴趣，坐在桌前，点一支烟，沉思遐想，也是一种兴趣。闲了未必无聊，闲着没事干才会无聊。有了自由支配的时间，却找不到兴趣所在，或者做不成感兴趣的事，剩余精力茫茫然无所寄托，这种滋味就叫无聊。

闲是福气，无聊却是痛苦。勤勤恳恳一辈子的公务员，除了公务别无兴趣，一旦退休闲居，多有不久便弃世的，致命的因素正是无聊。治狱者很懂得无聊的厉害，所以对犯人最严重的惩罚不是苦役而是单独监禁。苦役是精力的过度释放，单独监禁则是人为地堵塞释放精力的一切途径，除吃睡外不准做任何事。这种强制性的无聊，其痛苦远在苦役之上。在自由状态下，多半可以找到法子排遣无聊。排遣的方式因人而异，最能见出一个人的性情。愈浅薄的人，其无聊愈容易排遣，现成的法子有的是。"不有博弈者乎？"如今更好办，不有电视机乎？面对电视机一坐几个钟点，天天坐到头昏脑涨然后上床去，差不多是现代人最常见的消磨闲暇的方式——或者说，糟蹋闲暇的方式。

时间就是生命。奇怪的是，人人都爱惜生命，不愿其速逝，却害怕时间，唯恐其停滞。我们好歹要做点什么事来打发时间，一旦无所事事，时间就仿佛在我们面前停住了。我们面对这脱去事件外衣的赤裸裸的时间，发现它原来空无所有，心中隐约对生命的实质也起了恐慌。无聊的可怕也许就在于此，所以要加以排遣。

但是，人生中有些时候，我们会感觉到一种无可排遣的无聊。我们心不在焉，百事无心，觉得做什么都没意思。并不是疲倦了，因为我们有精力，只是茫无出路。并不是看透了，因为我们有欲望，只是空无对象。这种心境无端而来，无端而去，昙花一现，却是一种直接暴露人生根底的深邃的无聊。

人到世上，无非活一场罢了，本无目的可言。因此，在有了超出维持生存以上的精力以后，这剩余精力投放的对象却付诸阙如。人必须自己设立超出生存以上的目的。活不成问题了，就要活得有意思，为生命加一个意义。然而，为什么活着？这是一个危险的问题。若问为什么吃喝劳作，我们很明白，是为了活。活着又为了什么呢？这个问题追究下去，没有谁不糊涂的。

对此大致有两类可能的答案。一类答案可以归结为：活着为了吃喝劳作——为了一己的、全家的或者人类的吃喝劳作，为了吃喝得更奢侈，劳作得更有效，如此等等。这类答案虽然是多数人实际所奉行的，作为答案却不能令人满意，因为它等于说活着为了活着，不成其为答案。

如果一切为了活着，活着就是一切，岂不和动物没有了区别？一旦死去，岂不一切都落了空？这是生存本身不能作为意义源泉的两个重要理由。一事物的意义须从高于它的事物那里求得，生命也是如此。另一类答案就试图为生命指出一个高于生命的意义源泉，它应能克服人的生命的动物性和暂时性，因而必定是一种神性的、不朽的东西。不管哲学家们如何称呼这个东西，无非是神的别名罢了。其实，神只是一个记号，记录了我们追问终极根据而不可得的迷惘。例如，从巴门尼德到雅斯贝斯，都以"存在"为生命意义之源泉，可是他们除了示意"存在"的某种不可言传的超越性和完美性之外，还能告诉我们什么呢？

我们往往乐于相信，生命是有高出生命本身的意义的，例如真善美之类的精神价值。然而，真善美又有什么意义？可以如此无穷追问下去，但我们无法找到一个终极根据，因为神并不存在。摆脱这个困境的唯一办法是把一切精神价值的落脚点引回到地面上来，看作人类生存的工具。各派无神论哲学家归根到底都是这样做的。但是，这样一来，我们又陷入了我们试图逃避的同义反复：活着为了活着。

也许关键在于，这里作为目的的活，与动物并不相同。人要求有意义地活，意义是人类生存的必要条件。因此，上述命题应当这样展开：活着为了寻求意义，而寻求意义又是为了觉得自己是在有意义地活着。即使我们所寻求的一切高于生存的目标，到头来是虚幻的，寻求本身就使我们感到生存是有意义的，从而能够充满信心地活下去。凡真正的艺术家都视创作为生命，不创作就活不下去。超出这一点去问海明威为何要写作，毕加索为何要画画，他们肯定说不出一个所以然来。人类迄今所创造的灿烂文化如同美丽的云景，把人类生存的天空烘托得极其壮观。然而，若要追究云景背后有什么，便只能堕入无底的虚空了。人，永远走在从生存向存在的途中。他已经辞别兽界，却无望进入神界。他不甘于纯粹的生存，却达不到完美的存在。他有了超出生存的精力，却没有超出生存的目标。他寻求，却不知道寻求什么。人是注定要无聊的。

可是，如果人真能够成为神，就不无聊了吗？我想象不出，上帝在完成他的创世工作之后，是如何消磨他的星期天的。《圣经》对此闭口不谈，这倒不奇怪，因为上帝是完美无缺的，既不能像肉欲犹存的人类那样用美食酣睡款待自己，又不能像壮心不已的人类那样不断进行新的精神探险，他实在没事可干了。他的绝对的完美便是他的绝对的空虚。人类的无聊尚可药治，上帝的无聊宁有息日？不，我不愿意成为神。虽然人生有许多缺憾，生而为人仍然是世上最幸运的事。人生最大的缺憾便是终有一死。生命太短暂了，太珍贵了，无论用它来做什么都有点可惜。总想做最有意义的事，足以使人不虚此生、死而无恨的事，却没有一件事堪当此重责。但是，人活着总得做点什么。于是，我们便做着种种微不足道的事。人生终究还是免不了无聊。

存在就是被感知吗

"存在就是被感知"——这是贝克莱提出的一个很有名的命题。为了弄清这个命题的意思，现在且假定这位哲学家还活着，让他来和我们进行一场对话。

贝克莱：此刻你面前有一只苹果，你看得见它，摸得着它。这只苹果存在吗？

答：存在。

贝克莱：你凭什么说它存在呢？

答：因为我明明看见了它，摸到了它。

贝克莱：这就是说，它被你感知到了。好，现在你闭上眼睛，把手插进衣服口袋里，看不见也摸不到这只苹果了。我再问你，它现在存在吗？

答：存在。

贝克莱：现在你并没有看见它，摸到它，凭什么还说它存在呢？

答：因为我刚才看见过它，摸到过它，我相信只要我睁开眼睛，伸出手，现在我仍然能看见它，摸到它。

贝克莱：这就是说，你之所以相信它仍然存在，是因为它刚才曾经被你感知到，这使你相信，只要你愿意，现在它仍然可以被你感知到。现在假定在离你很远的一个地方有一只苹果，你永远不会看见它，摸到它，它存在吗？

答：存在，因为那个地方的人能看见它，摸到它。

贝克莱：如果那是一片没有人烟的原始森林，那只苹果是一只野生苹果，在它腐烂之前不会有任何人见到它呢？

答：但是，我们可以想象如果那里有人，就一定能见到它。

贝克莱：好了，现在我们可以总结一下了。我们说某个东西存在，无非是说它被我们感知到。即使当我们设想存在着某个我们从未感知到的东西时，我们事实上也是在设想它以某种方式被我们感知到。我们无法把存在与被感知分离开来，离开被感知去设想存在。由此可见，存在和被感知是一回事，存在就是被感知。

谈话进行到这里，缺乏经验的读者也许被绕糊涂了，而有经验的读者很可能会提出一个反驳：尽管我们无法离开被感知设想存在，但这不能证明存在与被感知是一回事。一个东西首先必须存在着，然后才能被感知。例如，一只苹果的存在是因，它的被感知是果，两者不可混为一谈。不过，针对这个反驳，贝克莱会追问你所说的"存在"究竟是什么意思，当你谈论这只苹果的"存在"时，你的心灵中岂不出现了这只苹果的形状、颜色、香味等，所谓它的"存在"无非是指它的这些可被感知的性质在你的心灵中的呈现，因而也就是指它的被感知？那么，它的"存在"和它的被感知岂不是一回事，哪里有原因和结果的分别？

贝克莱的是与非

现在我们触及"存在就是被感知"这个命题的真正含义了。贝克莱的思路是这样的：对我来说，一只苹果的存在无非是指我看到了它的颜色，闻到了它的香味，摸到了它的形状、冷暖、软硬，尝到了它的甜味，等等，去掉这些性质就不复有苹果的存在，而颜色、形状、香味、甜味、软硬等又无非都是我的感觉，离开我的感觉就不复有这些性质。所以，这只苹果的存在与它被我感知是一回事，它仅仅是存在于我的心灵中的一些感觉。当然，我可以设想一只我未曾看到的苹果的存在，但我也只能把它设想为我的这些感觉。在这些感觉之外断定还存在着某种不可被感知的苹果的"实体"，这是徒劳的，也是没有意义的。这个道理适用于我所面对的一切对象，包括我所看见的其他人。所以，譬如说，我的父亲和母亲也只是我心灵中的一些感觉而已，在我的心灵之外并无他们独立的存在……

说到这里，你一定会喊起来：太荒谬了，难道你是你的感觉生出来的吗？是的，连贝克莱自己也觉得太荒谬了。为了避免如此荒谬的结论，他不得不假定，除了"我"的心灵之外，还存在着别的心灵，甚至还存在着上帝的心灵，一切存在物因为被无所不在的上帝的心灵所感知而保证了它们的存在。这种假定显然是非常勉强的，我们可以不去理会。值得思考的是贝克莱的前提：我们只能通过感觉感知事物的存在，因此，对我们来说，事物的存在是与它们被我们感知分不开的。从这个前提能否推出"存在就是被感知"的结论呢？这里实际上包含两个问题：第一，事物的存在是否等同于它的可被感知的性质的存在？在这些性质背后有没有一个不可被感知的"实体"，用更加哲学化的语言说，在现象背后有没有一个"自在之物"？第二，事物的可被感知的性质是否等同于"我"（主体）的感觉？在"我"的感觉之外有没有使"我"产生这些感觉的外界现象，用更加哲学化的语言说，在"主体"之外有没有"客体"，在"意识"之外有没有客观存在的"对象"？这是两个不同的问题。贝克莱主张第一个等同，否认现象背后有"自在之物"，这是今天大多数哲学家都可赞成的；但他进而主张第二个等同，否认现象在"我"之外的存在，这是今天大多数哲学家都不能赞成的。

庄周梦蝶的故事

　　睡着了会做梦，这是一种很平常的现象。正常人都能分清梦和真实，不会把它们混淆起来。如果有谁梦见自己变成了一只蝴蝶，醒来后继续把自己当作蝴蝶，张开双臂整天在花丛草间做飞舞状，大家一定会认为他疯了。然而，两千多年前有一个名叫庄周的中国哲学家，有一回他梦见自己变成了一只蝴蝶，醒来后提出了一个著名的问题：

　　"究竟是刚才庄周梦见自己变成了蝴蝶呢，还是现在蝴蝶梦见自己变成了庄周？"

　　好像没有人因为庄周提出这个问题而把他看成一个疯子，相反，大家都承认他是一个大哲学家。哲学家和疯子大约都不同于正常人，但他们是以不同的特点区别于正常人的。疯子不能弄懂某些最基本的常识，例如不能像正常人那样分清梦与真实，所以在日常生活中会遇到严重的障碍。哲学家完全明白常识的含义，但他们不像一般的正常人那样满足于此，而是要对人人都视为当然的常识追根究底，追问它们是否真有道理。

按照常识，不管我梦见了什么，梦只是梦，梦醒后我就回到了真实的生活中，这个真实的生活绝不是梦。可是，哲学家偏要问：你怎么知道前者是梦，后者不是梦呢？你究竟凭什么来区别梦和真实？

可不要小看了这个问题，回答起来还真不容易呢。你也许会说，你凭感觉就能分清哪是梦，哪是真实。譬如说，梦中的感觉是模糊的，醒后的感觉是清晰的；梦里的事情往往变幻不定，缺乏逻辑，现实中的事情则比较稳定，条理清楚；人做梦迟早会醒，醒了却不能再醒；如此等等。然而，哲学家会追问你，你的感觉真的那么可靠吗？你有时候会做那样的梦，感觉相当清晰，梦境栩栩如生，以至于不知道是在做梦，还以为梦中的一切是真事。那么，你怎么知道你醒着时所经历的整个生活不会也是这样性质的一个梦，只不过时间长久得多而已呢？事实上，在大多数梦里，你的确是并不知道自己在做梦的，要到醒来时才发现原来是一个梦。那么，你之所以不知道你醒时的生活也是梦，是否仅仅因为你还没有从这个大梦中醒来呢？梦和醒之间真的有原则的区别吗？

这么看来，庄周提出的问题貌似荒唐，其实是一个非常重要的哲学问题。这个问题便是：我们凭感官感知到的这个现象世界究竟是否真的存在着？庄周对此显然是怀疑的。在他看来，既然我们在梦中会把不存在的东西感觉为存在的，这就证明我们的感觉很不可靠，那么，我们在醒时所感觉到的我们自己以及我们周围世界的存在也很可能是一个错觉，一种像梦一样的假象。

感觉能否证明对象的存在

在中国和外国，有相当一些哲学家与庄周抱着相似的看法。他们都认为，我们只能通过感官来感知世界的存在，而感官是不可靠的，所以我们所感觉到的世界只是一种假象。至于在假象背后是否存在着一个与假象不同的真实的世界，他们的意见就有分歧了。有的说有，有的说没有，有的说没法知道有没有。也有许多哲学家反对他们的看法，认为我们的感觉基本上是可靠的，能够证明我们自己以及周围世界的真实存在。就拿庄周梦蝶的例子来说，他们会这样解释：庄周之所以会梦见自己变成一只蝴蝶，正是因为他在醒时看见过蝴蝶，如果他从来没有看见过蝴蝶，他就不可能做这样的梦了。所以，庄周和蝴蝶的真实存在以及这个真实的庄周看见过真实的蝴蝶是一个前提，而这便证明了醒和梦是有原则区别的，醒时的感觉是基本可靠的。当然，这种解释肯定说服不了庄周，他一定会认为它不是解答了而是回避了问题，因为在他看来，问题恰恰在于，当你看见蝴蝶时，你怎么知道你不是在做梦呢？凭什么说看见蝴蝶是梦见蝴蝶的原因，其间的关系难道不会是较清晰的梦与较模糊的梦的关系吗？

在日常生活中，人们都怀着一个朴素的信念，相信我们凭感官所感知的事物是真实存在的。没有这个信念，我们就不能正常地生活，哲学家也不例外。上述解释实际上是把这个朴素的信念当成了出发点，由之出发，认定醒时看见蝴蝶的经验是可靠的，然后再用它来解释梦见蝴蝶的现象。在哲学史上，这样一种从朴素信念出发的观点被称作"朴素实在论"或"朴素唯物主义"。可是，在庄周这样的哲学家看来，这种观点只停留在常识的水平上，不配叫作哲学，因为哲学正是要追问常识和朴素信念的根据。所以，如果你真的对哲学感兴趣，你就必须面对庄周提的问题。你很可能不同意他的观点，但你必须说出理由。你得说明：我们如何知道我们凭感官所感知的现象是真实存在的，而不是一个幻象？感觉本身能否提供这个证据？如果不能，还有没有别的证据？只要你认真思考这些问题，不管能否找到最后的答案（很可能找不到），你都已经是在进行一种哲学思考了。

思维能否把握世界的本质

　　不信任感觉，认为在感官所感知的现象世界背后有一个本来的世界，这实际上是以往多数哲学家的立场。区别在于，有的哲学家断言我们永远无法认识这个本来世界，有的哲学家却相信，我们可以依靠理性思维的能力破除感觉的蒙蔽，透过现象看本质，把握这个本来世界的面目。可是，最近一百多年来，这种长期占统治地位的立场发生了根本的动摇。

　　理性思维真的能够把握世界的本来面目吗？为了解答这个问题，我们首先要弄清什么是理性思维。所谓理性思维，就是我们运用具有普遍性的概念进行判断、推理的过程。让我们举最简单的加法的例子来说明这个过程。譬如说，桌子上放着一个苹果，椅子上也放着一个苹果，问你一共有几个苹果，你不需要把这两个苹果挪到一起就可以回答说："两个。"事实上，当你做出这个回答时，你已经飞快地进行了一个运算：1+1=2。这就已经是一种理性思维了。仔细分析起来，这个过程是这样的：你首先把"一个苹果"这样的具体现象变换为抽象的数字概念"1"，然后运用了一个数学公式（判断）"1+1=2"，最后又从这个公式推导出"一个苹果加一个苹果等于两个苹果"的具体结论。

现在的问题是，我们凭感官并不能感知到像"1""2"这样的抽象概念和"1+1=2"这样的抽象命题。那么，它们是从哪里来的呢？对于这个问题，有三种可能的回答：

一、我们凭感官可以感知到一个一个的具体东西，也可以感知到它们的集合，抽象的数字概念和算术命题就是从我们的感觉材料中归纳出来的。假定这个答案是对的，那么，以不可靠的感觉为基础的理性思维同样也是不可靠的，并不比感觉更接近那个本来世界。

可是，这第一种回答本身还有着极大的漏洞。我们的感官只能感知个别的具体的现象，从中怎么能得到抽象概念呢？感官所感知的现象总是有限的，从中又怎么能得到适用于一切现象的普遍真理呢？譬如说，我们只能看到一个苹果、一个茶杯、一个人等等，永远看不到抽象的"1"，思维凭什么把它们抽象为"1"？我们只能看到一个苹果和一个苹果的集合等等，思维凭什么断定1+1永远等于2？由于感性经验不能令人信服地解释抽象概念和命题的来源，有些哲学家就另找出路，于是有以下第二、第三种回答。

二、抽象观念和普遍命题是人类理性所固有的，它们如同大理石的纹理一样潜藏在人类理性之中，在认识过程中便会显现出来。像"1+1=2"这样的真理，人类理性凭直觉就能断定它们是绝对正确的。正是凭借这些先天形式，理性才能够对感觉材料进行加工整理，使之条理化。这个答案仅是一种永远无法证实的假说，我们姑且假定它是对的，那也只能得出这个结论：思维形式仅仅属于人类理性所有，与那个本来世界毫不相干。

三、那个本来世界本身具有一种理性的结构，人类理性是与这个结构相对应的。可是，这一点正是需要证明的，而主张这个观点的哲学家们没有向我们提供任何有说服力的证据。

总之，无论在上述哪种情况下，凡我们不信任感觉的理由，对于思维也都成立。所以，看来我们只好承认，只要我们进行认识，不论是运用感觉还是运用思维，所把握的都是现象，它们至多只有层次深浅的不同。世界一旦进入我们的认识之中，就必定被我们的感觉所折射，被我们的思维所整理，因而就必定不再是所谓的本来世界，而成为现象世界了。

世界有没有一个"本来面目"

　　好吧，让我们承认，我们人类所能认识的世界只是形形色色的现象世界。那么，在这个或者这许多个现象世界背后，究竟有没有一个不是现象世界的本来世界呢？康德说有的，但我们永远无法认识，所以他称之为"自在之物"。我们且假定他说得对，让我们来设想它会是什么样子的。

　　可是怎么设想呢？根本无法设想！只要我们试图设想，我们就必须把自己当作一个认识者，把这个所谓本来世界置于和我们的关系之中，从而它就不再是本来世界，而是现象世界了。也许我们可以想象自己是上帝，因而能够用一种全知全能的方式把它一览无余？可是，所谓全知全能无非是有最完善的感官和最完善的思维，从而能够从一切角度、用一切方法来认识它，而这样做的结果又无非是得到了无数个现象世界。我们除非把这无数个现象世界的总和叫作本来世界，否则就根本不能设想有什么本来世界。

事实正是如此：无论人、上帝还是任何可能的生灵，只要想去认识这个世界，就必须有一个角度。你可以变换角度，但没有任何角度是不可能进行认识的。从不同角度出发，看到的只能是不同的现象世界。除去这一切可能的现象世界，就根本不存在世界了，当然也就不存在所谓本来世界了。我们面前放着一只苹果，一个小男孩见了说：我要吃。他看到的是作为食品现象的苹果。一个植物学家见了说：这是某种植物的果实。他看到的是作为植物现象的苹果。一个生物学家见了说：这只苹果是由细胞组成的。他看到的是作为生物现象的苹果。一个物理学家见了说：不对，它的最基本结构是分子、原子、电子等。他看到的是作为物理现象的苹果。一个基督徒见了也许会谈论起伊甸园里的苹果和亚当夏娃的原罪，他看到的是作为宗教文化现象的苹果。还会有不同的人对这只苹果下不同的判断，把它看作不同的现象。如果你说所有这些都只是这只苹果的现象，而不是这只苹果本身，那么，请你告诉我，这只苹果本身是什么东西，它在哪里？

由于在现象世界背后不存在一个本来世界，有的哲学家就认为一切都是假象，都是梦。在这方面，佛教最彻底，认为万物皆幻象，世界整个就是一个空。可是，我们不妨转换一下思路。所谓真和假、实和幻，都是相对而言的。如果存在着一个本来世界，那么，与它相比，现象世界就是假象。现在，既然并不存在这样一个本来世界，我们岂不可以说，一切现象世界都是真实的，都有存在的权利？一位诗人吟唱道："平坦的大地，太阳从东方升起，落入西边的丛林里。"这时候，你即使是哥白尼，也不能反驳他说："你说得不对，地球不是平坦的，而是圆的，太阳并没有升起落下，而是地球在自转。"

你的"自我"在哪里

一个孩子摔了一跤，觉得痛，便说："我痛了。"接着又说："我不怕痛。"这个觉得痛的"我"和这个不怕痛的"我"是不是同一个"我"呢？

一个男孩爱上了一个女孩，可是女孩不爱他。他对自己说："我太爱她了。"接着说："可是我知道她不爱我。"然后发誓道："我一定要让她爱上我！"在这里，爱上女孩的"我"、知道女孩不爱自己的"我"，以及发誓要让女孩爱上自己的"我"又是不是同一个"我"呢？

一位著名的作家叹息说："我获得了巨大的名声，可是我仍然很孤独。"这个获得名声的"我"和这个孤独的"我"是不是同一个"我"？

我在照镜子，从镜子里审视着自己。那个审视着我自己的"我"

是谁,那个被我自己审视的"我"又是谁,它们是不是同一个"我"?

你拉开抽屉,发现一张你小时候的照片,便说:"这是小时候的我。"你怎么知道这是小时候的"我"呢?小时候的"我"和现在的"我"是凭什么成为同一个"我"的呢?

夜深人静之时,你一人独处,心中是否浮现过这样的问题:"我是谁?我从哪里来?我将到哪里去?"

古希腊哲学家苏格拉底把"认识你自己"看作哲学的最高要求。可是,认识"自我"真是一件比认识世界更难的事。上面的例子说明,它至少包括以下三个难题:

第一,我有一个肉体,又有一个灵魂,其间的关系是怎样的?有人说,灵魂只是肉体的一种功能。如果真是这样,为什么灵魂有时候会反叛肉体,譬如说,会为了一种理想而忍受酷刑甚至牺牲生命?如果不是这样,灵魂是不同于肉体并且高于肉体的,那么,它也必有高于肉体的来源,那来源又是什么?如此不同的两样东西是怎么能够结合在一起的?既然它不来源于肉体,为什么还会与肉体一同死亡?或者相反,在肉体死亡之后,灵魂仍能继续存在?

第二,灵魂究竟是什么?如果说它是指我的全部心理活动和内心生活,那么,它就是一个非常复杂的东西。一方面,它包括理性的思维、观念、知识、信仰等等。另一方面,它包括非理性的情绪、情感、欲望、冲动等等。其中,究竟哪一个方面代表真正的"自我"呢?有的哲学家主张前者,认为理性是人区别于动物的本质特征,因而不同个人之间的真正区别也在于理性的优劣强弱。有的哲学家主张后者,认为理性只是人的社会性一面,个人的真正独特性和个人一切行为的真实动机深藏在无意识的非理性冲动之中。他们究竟谁对谁错，或者都有道理？

第三，我从小到大经历了许多变化，凭什么说我仍是那同一个"我"呢？是凭我对往事的记忆吗？那么，如果我因为某种疾病暂时或长久丧失了记忆，我还是不是"我"呢？是凭我对我自己仍然活着的一种意识，即所谓"自我意识"吗？可是，问题恰好在于，我是凭什么意识到这仍然活着的正是"我"，使我在变化中保持连续性的这个"自我意识"究竟是什么？

现在我把这些难题交给你自己去思考。

03

哲学与我们的时代

哲学的命运

在今天的时代，哲学似乎遭遇两种相反的命运。一方面，由于社会需求越来越偏向于实用，哲学系学生面临着就业的困难，使得作为一个学科的哲学门庭冷落，成了冷门。另一方面，社会各阶层尤其是青年人对于哲学读物的兴趣并不因此减弱，有时甚至呈上升的趋势，哲学类书籍竟然成了出版业的热点。

如何看待这两种似乎矛盾的现象呢？依我之见，矛盾仅是表面的，其实两者共同构成了哲学应有的正常命运。

作为一门学科，哲学本应是只由极少数人研究的学问。由于这门学科的高度非实用性质，也由于从事有关专门研究所必需的特殊的学术兴趣和才能，以哲学为专业和职业的学者在社会分工结构中绝对不可能占据高比例。我并没有把哲学家看作精神贵族的意思，这里的情况正与其他一些抽象学科类似，例如社会同样不需要也不可能产生许多数学家或理论物理学家。曾经有一个时期，我们的哲学系人丁兴旺，源源不断向各级机关各类部门输送干部，那实在是对哲学的莫大误会。其结果是，哲学本身丧失了它应有的学术品格，而所培养出的这些干部又不具备足以致用的有关专业知识。因此，收缩哲学系的规模，把培养各类干部的职能交还给各有关的教育机构，应该说是一个进步，对于哲学学科至少在客观上也是一种净化。

但是，哲学不只是一种学术，自从它诞生以来，它还一直承担着探究人类精神价值和生命意义的使命。这个意义上的哲学就不只是少数学者的事了，而是与一切看重精神生活的人都休戚相关的。在我上面提到的那个时期中，曾经掀起过全民学哲学的热潮，不过那时候哲学是被等同于一种意识形态的灌输的，并不真正具备生命反思和精神探索的含义。当今之世，随着社会的转型，社会生活日益非政治化、非意识形态化，同时市场化进程导致了人们价值观念的多元化乃至相当程度的迷乱和冲突。这就使得每个人独立从事人生思考不仅有了可能，而且有了迫切的必要。我认为，应该在这样的背景下来分析今日我们民族中广义的哲学爱好屡兴不衰的奇特现象，并对之持积极的评价。

这样的形势对于专职的哲学工作者提出了双重要求。一方面，不管幸运还是不幸，作为少数"入选者"，他们肩负着哲学学科建设的学术使命，有责任拿出合格的学术著作来，否则便是失职，理应改行，从事别的于己于人都更为有益的工作。另一方面，面对社会上广泛的精神饥渴，至少他们中间的一部分人，有责任提供高质量的哲学通俗读物，这不但是一种启蒙工作，而且也是以个人的身份真诚地加入我们时代的精神对话。也就是说，我们时代既需要德国哲学的思辨品格，也需要法国哲学的实践品格，而两者都是哲学的题中应有之义。

哲学的魅力

　　哲学是枯燥的吗？哲学是丑陋的吗？哲学是令人生厌的东西吗？——在我们的哲学课堂上，在许多哲学读物的读者心中，常常升起这样的疑问。

　　当然，终归有一些真正的哲学爱好者，他们惯于在哲学王国里信步漫游，流连忘返。在他们眼前，那一个个似乎抽象的体系如同精巧的宫殿一样矗立，他们悠然步入其中，与逝去的哲学家的幽灵款洽对话，心领神会，宛如挚友。

　　且不论空洞干瘪的冒牌哲学，那些概念的木乃伊确实是丑陋的、令人生厌的。真正的哲学至少能给人以思维的乐趣。但是，哲学的魅力仅止于此吗？诗人在孕育作品时，会有一种内心的战栗，这战栗又通过他的作品传递到了读者心中，哲学家能够吗？

　　人们常常谈论艺术家的气质，很少想到做哲学家也需要一种特别的气质。人处在时间和空间的交叉点上，作为瞬息和有限的存在物，却向往永恒和无限。人类最初的哲学兴趣起于寻找变中之不变、相对中之绝对，正是为了给人生一个总体说明，把人的瞬息存在与永恒结合起来。"我们从哪里来？我们到哪里去？我们是谁？"高更为他的一幅名作写下的画题可说是哲学的永恒主题。追究人生的根底，这是人类本性中固有的形而上学冲动，而当这种冲动在某一个人身上异常强烈时，他便是一个有哲学家气质的人了。

哲学的本义不是"爱智慧"吗？那么，第一，请不要把智慧与知识混同起来，知识关乎事物，智慧却关乎人生。第二，请不要忘记这个"爱"字，哲学不是智慧本身，而是对智慧的爱。一个好的哲学家并不向人提供人生问题的现成答案，这种答案是没有的，毋宁说他是一个伟大的提问者，他自己受着某些根本性问题的苦苦折磨，全身心投入其中，不倦地寻找着答案，也启发我们去思考和探索他的问题。他也许没有找到答案，也许找到了，但这并不重要，因为他的答案只属于他自己，而他的问题属于我们大家，属于时代、民族乃至全人类。谁真正爱智慧，关心生命的意义超过关心生命本身，谁就不能无视或者回避他提出的问题，至于答案只能靠每个人自己去寻求。知识可以传授，智慧无法转让，然而，对智慧的爱是能够被相同的爱激发起来的。我们读一位哲学家的书，也许会对书中聪明的议论会心一笑，但最能震撼我们心灵的是作者对人生重大困境的洞察和直言不讳的揭示，以及他寻求解决途径的痛苦和不折不挠的努力。哲学关乎人生的根本，岂能不动感情呢？哲学探讨人生的永恒问题，又怎会没有永恒的魅力？一个人从哲学中仅仅看到若干范畴和教条，当然会觉得枯燥乏味，而且我们可以补充说，他是枉学了哲学。只有那些带着泪和笑感受和思考着人生的人，才能真正领略哲学的魅力。

当然，这样的哲学也必定闪放着个性的光彩。有一种成见，似乎哲学与个性是不相容的，一种哲学把哲学家本人的个性排除得愈彻底，愈是达到高度的抽象和普遍，就愈能被称为哲学。我们读文学作品，常常可以由作品想见作家的音容笑貌、爱憎好恶，甚至窥见他隐秘的幸福和创伤。可是，读哲学著作时，我们面前往往出现一张灰色的概念之网，至于它由哪只蜘蛛织出，似乎并不重要。真的，有些哲学文章确实使我们永远断了与作者结识一番的念头，即使文章本身不无可取之处，但我们敢断定，作为一个人，其作者必定乏味透顶。有时候，这可能是误断，作者囿于成见，在文章里把自己的个性隐匿了。个性在哲学里似乎成了一种可羞的东西。诗人无保留地袒露自己心灵里的每一阵战栗、每一朵浪花，哲学家却隐瞒了促使他思考的动机和思考中的悲欢，只把结论拿给我们，连同事后追加的逻辑证明。谁相信人生问题的答案能靠逻辑推理求得呢？在这里，真正起作用的是亲身的经历、切身的感受、灵魂深处的暴风骤雨、危机和觉醒、直觉和顿悟。人生最高问题对于一切人都是相同的，但每人探索的机缘和途径千变万化，必定显出个性的差别。

"我重视寻求真理的过程甚于重视真理本身。"莱辛的这句名言对哲学家倒是一个启发。哲学不是一份真理的清单，而恰恰是寻求人生真理的过程本身，这个过程与寻求者的个人经历和性格密不可分。我们作为读者要向哲学家说同样的话：我们重视你的人生探索过程甚于重视你的结论，做一个诚实的哲学家吧，把这过程中的悲欢曲折都展现出来，借此我们与你才有心灵的沟通。我们目睹了你的真诚探索，即使我们不赞同你的结论，你的哲学对于我们依然有吸引力。说到底，我们并不在乎你的结论及其证明，因为结论要靠我们自己去求得，至于证明，稍微懂一点三段论的人谁不会呢？

　　哲学的魅力在于它所寻求的人生智慧的魅力，在于寻求者的个性魅力，最后，如果一位哲学家有足够的语言技巧的话，还应该加上风格的魅力。叙述某些极为艰深的思想时文字晦涩也许是难以避免的，我们也瞧不起用美文学的语言掩盖思想的贫乏，但是，独特的个性、对人生的独特感受和思考，是应该闪射独特风格的光华的。我们倒还不太怕那些使人头痛的哲学巨著，这至少说明它们引起了我们的紧张思索。最令人厌烦的是那些千篇一律的所谓哲学文章，老是摆弄着同样几块陈旧的概念积木。风格的前提始终是感受和思想的独创性。真正的哲学家，即使晦涩如康德、黑格尔，他们的著作中也常有清新质朴的警句跃入我们眼帘，令人铭记不忘。更有些哲学家，如蒙田、帕斯卡、爱默生、尼采，全然抛开体系，以隽永的格言表达他们的哲思。法国哲学家们寓哲理于小说、剧本，德国浪漫派哲人们寓哲理于诗。既然神秘的人生有无数张变幻莫测的面孔，人生的探索者有各不相同的个性，那么，何妨让哲学作品也呈现丰富多彩的形式、百花齐放的风格呢？

　　也许有人会说：你所谈的只是人生哲学，还有其他的哲学呢？好吧，我们乐于把一切与人生根本问题无关的哲学打上括号，对它们作为哲学的资格存而不论。尽管以哲学为暂时栖身之地的学科都已经或终将从哲学分离出去，从而证明哲学终究是对人生的形而上学的沉思，但是，这里不是详细讨论这个问题的地方。

也许有人会问：要求哲学具有你说的种种魅力，它岂不成了诗？哲学和诗还有什么区别？从源头上看，哲学和诗本是一体，都孕育于神话的怀抱。神话是原始人类对于人生意义的一幅形象的图解。后来，哲学和诗渐渐分离了，但是犹如同卵孪生子一样，它们在精神气质上仍然酷似。诚然，有些诗人与哲学无缘，有些哲学家与诗无缘。然而，没有哲学的眼光和深度，一个诗人只能是吟花咏月、顾影自怜的浅薄文人。没有诗的激情和灵性，一个哲学家只能是从事逻辑推理的思维机器。大哲学家与大诗人往往心灵相通，他们受同一种痛苦驱逼，寻求着同一个谜的谜底。庄子、柏拉图、卢梭、尼采的哲学著作放射着经久不散的诗的光辉，在屈原、李白、苏轼、但丁、莎士比亚、歌德的诗篇里回荡着千古不衰的哲学喟叹。

有时候，我们真是难以断定一位文化巨人的身份。可是，身份与天才何干，一颗渴望无限的心灵难道还要受狭隘分工的束缚？在西方文化史上，我们可以发现一些极富有诗人气质的大哲学家，也可以发现一些极富有哲人气质的大诗人，他们的存在似乎显示了诗与哲学一体的源远流长的传统。在这里，我们把他们统称为"诗人哲学家"。这个称呼与他们用何种形式写作无关，有些人兼事哲学和文学，有些人仅执一端，但在精神气质上都是一身而二任的。一位严格意义上的"诗人哲学家"应该具备三个条件：第一，把本体诗化或把诗本体化；第二，通过诗的途径（直觉、体验、想象、启示）与本体沟通；第三，作品的个性色彩和诗意风格。当然，对于这些条件，他们相符的程度是很不一致的。

下面开列一个不完全的名单。

古典时期：柏拉图，普罗提诺，奥古斯丁，但丁，蒙田，帕斯卡，莎士比亚，埃克哈特，卢梭，伏尔泰，歌德，席勒，赫尔德，费希特，谢林，荷尔德林，诺瓦利斯，威·施莱格尔，拜伦，雪莱，柯勒律治，海涅，爱默生。

现当代：叔本华，施蒂纳，易卜生，克尔恺郭尔，尼采，陀思妥耶夫斯基，托尔斯泰，狄尔泰，齐美尔，柏格森，别尔嘉也夫，舍斯托夫，海德格尔，雅斯贝斯，里尔克，盖奥尔格，瓦雷里，萨特，加缪，马塞尔，布罗赫，马丁·布伯，蒂利希，马尔库塞，弗罗姆，马里坦，伽达默尔，阿多诺，乌纳穆诺，扬凯列维奇。

不待说，这些哲学家的观点是需要加以批判地研究的。我们无须赞同这些哲学家对人生问题的答案，但是，在哲学关心人生问题、具有个性特点、展现多样风格等方面，他们或可对我们有所启发。

哲学与精神生活

一、"无用"之学

在一般人眼中，哲学是一种玄奥而无用的东西。这个印象大致是不错的。事实上，哲学的确是一切学科中最没有实用价值的一门学科。因此，在当今这个最讲求实用价值的时代，哲学之受到冷落也就是当然的事情了。

早在哲学发源的古希腊，哲学家就已经因其所治之学的无用而受人嘲笑了。柏拉图在《泰阿泰德》中讲了泰勒斯坠井而被女仆嘲笑的著名故事，那女仆讥笑泰勒斯如此迫切欲知天上情形，乃至不能见足旁之物。柏拉图接着发挥说："此等嘲笑可加于所有哲学家。"因为哲学家研究世界的本质，却不懂世上的实际事务，在法庭或任何公众场所便显得笨拙，成为笑柄；哲学家研究人性，却几乎不知邻居者是人是兽，受人诟骂也不能举对方的私事反唇相讥，因其不知任何人的劣迹。柏拉图特地说明：他们并不知道自己对实际事物这般无知，而绝不是有意立异以邀誉。

柏拉图本人的遭遇也好不到哪里去。这位古代大哲一度想在叙拉古实现其哲学家王的理想，向那里的暴君灌输他的哲学，但暴君的一句话给哲学定了性，称之为"无聊老人对无知青年的谈话"。结果他只是幸免于死，被贱卖为奴，落荒逃回雅典。

在我看来，柏拉图孜孜以求哲学的大用，一心把哲学和政治直接结合起来，恰好暴露了他对实际事物的无知。他本该明白，哲学之没有实用价值，不但在日常生活中如此，在政治生活中也如此。哲学关心的是世界和人生的根本道理，政治关心的是党派、阶级、民族、国家的利益，两者属于不同的层次。我们既不能用哲学思考来取代政治谋划，也不能用政治方式来解决哲学问题。柏拉图试图赋予哲学家以最高权力，借此为哲学的生长创造一个最佳环境，这只能是乌托邦。康德后来正确地指出：权力的享有不可避免地会腐蚀理性批判，哲学对于政治的最好期望不是享有权力，而是享有言论自由。

那么，哲学与生活毫无关系吗？哲学对于生活有没有一点用处呢？我的回答是：哲学本身就是生活，是一种生活方式。

二、哲学是一种生活方式

在古希腊，哲学发源之初是一种生活方式，这乃是不言而喻的事实。从词源看，"哲学"（Philosophia）一词的希腊文原意是"爱智慧"。"爱智慧"显然是一种生活方式、一种人生态度，而非一门学科。

对最早的哲学家来说，哲学不是学术，更不是职业，而就是做人处世的基本方式和状态。用尼采的话说，包括赫拉克利特、阿那克萨哥拉、恩培多克勒在内的前苏格拉底哲学家是一些"帝王气派的精神隐士"，他们过着远离世俗的隐居生活，不收学生，也不过问政治。苏格拉底虽然招收学生，但他的传授方式仅是街谈巷议，没有学校的组织形式，他的学生各有自己的职业，并不是要向他学习一门借以谋职的专业知识，师生间探究哲理本身就是目的所在，就构成了一种生活。柏拉图和亚里士多德开始建立学校，但不收费，教学的方式也仍是散步和谈话。唯一的例外是那些被称作"智者"（Sophist，又译"智术之师"）的人，他们四处游走，靠教授智术亦即辩论术为生，收取学费，却也因此遭到了苏格拉底们的鄙视。正是为了同他们相区别，有洁癖的哲学家宁愿自称为"爱智者"而非"智者"。

肯定不是任何人都能够把哲学当作自己的生活方式的。为了配得上过哲学的生活，一个人必须——如柏拉图所说——"具备真正的哲学灵魂"。具备此种灵魂的征兆，或者说哲学生活的特点，就在于关注思想本身而非其实用性，能够从思想本身获取最大的快乐。关于这一点，也许没有比亚里士多德说得更清楚的了。他在他的好几种著作（《形而上学》卷一，《政治学》卷七，《伦理学》卷六、卷十）中都谈到：明智是善于从整体上权衡利弊，智慧则涉及对本性上最高的事物的认识，两者的区别就在于有无实用性；非实用性是哲学优于其他一切学术之所在，使哲学成为"唯一的自由学术""为学术自身而成立的唯一学术"；幸福生活的实质在于自足，与别种活动例如社会性的活动相比，哲学的思辨活动是最为自足的活动，因而是完美的幸福。如此说来，哲学生活首先是一种沉思的生活，而所思问题的非实用性恰好保证了这种生活的自得其乐。

三、精神生活的维度

人在世上生活，必须维持肉体的生存，也必须与他人交往，于是有肉身生活和社会生活。肉身生活和社会生活所满足的是人的外在的功利性需要。在此之外，人还有内在的精神性需要，其实质是对生命意义的寻求。这种需要未得到满足，人就会觉得自己是一个盲目的存在，并因此而感到不安。精神生活也是人的生活不可缺少的维度。

肉身生活和社会生活都具有经验性质，仅涉及我们与周围直接环境的联系。精神生活则把我们超拔于经验世界的有限性和暂时性，此时我们力求在一己的生命与某种永恒存在的精神性的世界整体之间建立一种联系。由于这种世界整体超越于经验，我们无法证明它，但我们必须有这一假定。真正的精神生活必具有超验性质，它总是指向一个超验领域。凡灵魂之思，必有这样一种指向为其底蕴。所谓寻求生命的意义，亦即寻求建立这种联系。一个人如果相信自己已经建立了这种联系，便是拥有了一种信仰。因此，寻求意义即寻求信仰。

人类精神活动的一切领域，包括宗教、哲学、道德、艺术、科学，只要它们确实是一种精神性的活动，就都是以建立上述联系为其公开的或隐蔽的鹄的的，区别只在于方式的不同。其中，道德若仅仅服务于社会秩序，便只具有社会活动的品格；若是以追求至善为目的，则可视作较弱的宗教。科学若仅仅服务于技术进程，便只具有物质活动的品格；若是以认识世界为目的，则可视为较弱的哲学。于是，我们可以把精神活动归结为三种基本的方式。一是宗教，依靠单纯的信仰亦即天启的权威来建立与世界整体的联系。一是哲学，试图通过理性的思考来建立这种联系。一是艺术，试图通过某种主观的情绪体验来建立这种联系。它们殊途而同归，体现了同一种永恒的追求。

四、在宗教和科学之间

哲学生活是一种沉思的生活，但沉思未必都是哲学性的。一个人可以沉思数学或物理学的问题而也不问其实用价值。沉思之成为哲学性的，取决于所思问题的性质和求解的方法。

柏拉图和亚里士多德都曾指出，哲学开始于惊疑，即惊奇和疑惑之感。我们或许可以相对地说，面对自然易生惊奇之感，由此而求认知，追问世界的本质，形成哲学研究中的世界观、本体论、形而上学（在这里是同义词）这一个大领域。面对人生易生疑惑之感，由此而求觉悟，追问生命的意义，形成哲学研究中的人生观、生存论、伦理学（在这里也是同义词）这另一个大领域。康德说：世上最使人敬畏的两样东西是头上的星空和心中的道德律。哲学所思的问题无非这两大类，分别指向我们头上的神秘和我们心中的神秘。

哲学的追问的确是指向神秘的，无论对世界，还是对人生，哲学都欲追根究底，从整体上把握其底蕴。这就是所谓终极关切。在这一点上，哲学与宗教相似。然而，哲学不肯像宗教那样诉诸天启权威，对终极问题给出一个独断的答案，满足于不容置疑的信仰。在这一点上，哲学又和科学一样，只信任理性，要求对问题做出理由充足的解答。也就是说，哲学的追问是宗教性的，它寻求解决的方法却是科学性的。灵魂在提问，而让头脑来解答。疯子问，呆子答。这是哲学本身所包含的矛盾和困难。关于这种困难，康德最早做了明确的揭示，他指出：由头脑（他所说的知性）来解答灵魂（他所说的理性）所追问的问题，必定会陷入二律背反。他因此而断定，只能把此类问题的解答权交给信仰。不过，在罗素看来，哲学面向宗教，敢思科学之不思，又立足科学，敢疑宗教之不疑，正是这一结合了两种对立因素的品格使之成为比科学和宗教更加伟大的东西。我们确实可以说，哲学的努力是悲壮的。

五、哲学不可能成为科学

哲学开始于对世界本质的追问。在它诞生之初，它就试图寻找变化背后之不变、多背后之一、现象背后之本质。这一追问默认了一个前提，即感觉不可靠，只能感知现象，唯有理性才能认识现象界背后那个统一的、不变的本体界。

这个思路存在着若干疑点：

第一，感觉是我们感知外界的唯一手段，既然感觉只感知到现象，我们凭什么说在现象背后还存在着一种本质？至少凭感觉不能证明这一点。

第二，假定变动不居的现象背后有一不变的本质，这只能是理性之所为，是理性追求秩序的产物。但是，理性同样不能证明它所追求的秩序是世界本身所固有的。那么，这种秩序从何而来？有两种可能的回答。一是从感觉经验中归纳而得，因而并不真正具有必然性和普遍性。二是理性本身所固有的，是意识的先天结构。在这两种情形下，秩序都仍然属于现象范围，而与世界本来面目无关。

那么，第三，世界究竟有没有一个本来面目？在现象界背后，究竟有没有一个不受我们的认识干扰的本体界？在康德之后，哲学家们已经越来越达成共识：不存在。世界只有一种存在方式，即作为显现在意识中的东西——现象。我们也许可以设想上帝能够直观到世界的本体，但是，胡塞尔正确地指出，任何对象一旦进入认识就只能是现象，这一点对于上帝也不例外。

哲学从追问世界的本体始，经过两千多年的探索，结果却是发现世界根本就没有一个本体，这不能不说是哲学的惨败。但是，这只是哲学的某一种思路的失败，它说明哲学不可能成为科学，我们不可能靠理性手段去把握或构造哲学原本想要追问的那个本体，而必须另辟蹊径。

六、沉默和诗的领域

倘若一个古希腊哲学家来到现代，他一定会大惑不解，因为他将看到，现代的哲学家们都在大谈语言问题，而对世界本身毫无兴趣。据说哲学家们终于发现，两千多年来哲学之所以误入歧途，原因全在受了语言的误导。于是，他们纷纷把注意力转向语言，这种转向还被誉为哲学上的又一次哥白尼式革命。其间又有重大的区别。一派哲学家认为，弊在逻辑化的语言，是语言的逻辑结构诱使人们去寻找一种不变的世界本质。因此，哲学的任务是解构语言，把语言从逻辑的支配下解放出来。另一派哲学家则认为，弊在语言在逻辑上的不严密，是语言中那些不合逻辑的成分诱使人们对一个所谓的本体世界想入非非，造成了形而上学假命题。因此，哲学的任务是进行语言诊断，剔除其不合逻辑的成分，最好是能建立一种严密的逻辑语言。不管这两派的观点如何对立，拒斥本体论的立场却是一致的。

可是，没有了那种追问世界之究竟的冲动，哲学还是哲学吗？因为理性不能把握神秘，我们就不再思考神秘了吗？难道哲学从此要对头上的星空和心中的道德律无动于衷，仅仅满足于做逻辑的破坏者或卫士？有两位哲学家分别代表上述两个对立的派别，然而，与其大多数追随者不同，他们心中仍然蕴藏着那种追思神秘的冲动。他们不愧是现代最伟大的两位哲学家。

作为逻辑经验主义的开创人之一，维特根斯坦也主张只有经验对象是可思考的，哲学只研究可思考的东西，其任务是通过语言批判使思想在逻辑上明晰。但是，他懂得的确存在着超验的领域，例如那种"从永恒观点来直观世界"的本体论式的体验，只是因为它们不属于经验范围，因而是不可思考的，而不可思考的东西也就是不可说的。"一个人对于不能谈的事情就应当沉默。"这是神秘的东西，甚至是最深刻的东西，却无法作为问题来讨论。针对此他写道：“真正说来哲学的方法如此：除了能说的东西以外，不说什么事情，也就是除了自然科学的命题，即与哲学没有关系的东西之外，不说什么事情……”真正的哲学性体验只能封闭在沉默的内心世界，作为一门学术的哲学只能谈论与真正哲学性体验无关的东西，这是多么无奈。

海德格尔却试图冲破这无奈的沉默。在他看来，他名之为“存在”的那个超验的领域，乃是作为意义之源泉的神秘领域，的确不是理性思维所能达到的。但是，他相信这个领域“总是处在来到语言的途中”，是可以在语言中向人显现的。不过，这不是沦为传达工具的逻辑化语言，而是未被逻辑败坏的诗的语言。在诗的语言中，存在自己向人说话。于是，海德格尔聚精会神于他所钟爱的荷尔德林、里尔克等诗人，从他们的诗中倾听存在的话语。

当然，沉默和诗都不是哲学。可是，我们应该相信，在维特根斯坦的沉默中，在海德格尔的诗思中，古老的哲学追问在百折不挠地寻找栖身之地。

七、哲学与现代人的精神生活

广义的宗教精神和广义的哲学精神是相通的，两者皆是超验的追思。在狭义上，它们便有了区分，宗教在一个确定的信仰中找到了归宿，哲学却始终走在寻找信仰的途中。一个渴慕大全的朝圣者，如果他疲惫了，不再能够依靠自己的力量走下去了，他就会皈依某种现成的宗教。如果他仍然精力充沛，或者虽然疲惫了，却不甘心停下，他就会继续跋涉在哲学的路上。

现代的显著特点是宗教信仰的普遍失落。针对这一情况，雅斯贝斯指出，对已经不相信宗教但仍然需要信仰的现代人来说，哲学是唯一的避难所，其意义在于鼓励人们寻找非宗教的信仰。我本人也倾向于认为，哲学一方面寻求信仰，另一方面又具有探索性质，它的这个特点也许能够使之成为处于困惑中的现代人的最合适的精神生活方式。哲学至少有以下好处：

第一，哲学使我们在没有确定信仰的情况下仍能过一种有信仰的生活。哲学完全不能保证我们找到一个确定的信仰，它以往的历史甚至业已昭示，它的矛盾的本性决定了它不可能提供这种信仰。然而，它的弱点同时也是它的长处，寻找信仰而又不在某一个确定的信仰上停下来，正是哲学优于宗教之所在。哲学使我们保持对某种最高精神价值的向往，我们不能确知这种价值是什么，我们甚至不能证实它是否确实存在，可是，由于我们为自己保留了这种可能性，我们的整个生存便会呈现不同的面貌。

第二，哲学使我们在信仰问题上持一种宽容的态度。价值多元是现代的一个事实，想用某一种学说（例如儒学）统一人们的思想，重建大一统的信仰，是行不通的，也是不应该的。哲学反对任何人以现代救世主自居，而只是鼓励每一个人自救，自己寻求自己的信仰。

第三，哲学的沉思给了我们一种开阔的眼光，使我们不致沉沦于劳作和消费的现代旋涡，仍然保持住心灵生活的水准。

哲学与文学批评

一

关于哲学与批评的关系，我们可以听到两种相反的意见。一种意见认为，批评应该完全立足于艺术，排除一切哲学观点的干扰。另一种意见认为，任何批评必定受某一种或某一些哲学观点的支配，在本质上是应用哲学。

我认为，批评之与哲学发生关系是一个不言而喻的事实。凡学院派批评家往往建立或者运用一定的批评理论，由这些批评理论固然可以追溯到相应的哲学理论。即使是那些非学院派的所谓业余批评家，在他们的印象式批评中也不难发现一种哲学态度。因此，真正的问题不是哲学在批评中的存在是否合法，而是以怎样的方式存在才合法。也就是说，我们所要寻求的是哲学与批评的正确关系。

二

当今批评界的时髦做法是，在批评文章中食洋不化地贩运现代西方某些哲学性批评理论，堆砌各种哲学的、准哲学的概念。这类文章的共同特点是对所要批评的作品本身不感兴趣，读了以后，我们丝毫不能增进对作品的了解，也无法知道作者对作品的真实看法和评价是什么。在多数情况下，它们只是把作品当作一个实例，用来对某一种哲学理论做多半是十分生硬的转述和注解。在我看来，这样的批评既不是哲学的，更不是艺术的，甚至根本就不是批评，不过是冒充成批评的伪哲学和冒充成哲学的伪批评罢了。

这种情形的发生恐怕并非偶然。透过现代西方文学批评理论的繁荣景象，我们看到的也是文学批评的阙如。在文学批评的名义下，真正盛行的一方面是文化批评、社会批评、政治批评、性别批评等等，另一方面是语言学、符号学、人类学、神话学、知识社会学的研究等等。凡是不把作品当作目的，而仅仅当作一种理论工具的批评，其作为文学批评的资格均是可疑的。

三

批评总是对某一具体作品的批评。因此，一切合格的批评的前提是：第一，批评者对该作品本身真正感兴趣，从而产生了阐释和评价它的愿望。他的批评冲动是由作品本身激发的，而不是出自应用某种理论的迫切心情。也就是说，他应该首先是个读者，知道自己究竟喜欢什么。第二，批评者具有相当的鉴赏力和判断力，他不是一个普通读者，而是巴赫金所说的那种"高级接受者"，即一个艺术上的内行。作为一个专家，他不妨用理论的术语来表述自己的见解，但是，在此表述之前，他对作品已经有了一种直觉的把握，知道是作品中的什么东西值得自己一评。

一个批评者对作品有无真正的兴趣，他是否具有鉴赏力和判断力，这两者都必然体现在他的批评之中，因此是容易鉴别的。人们可以假装自己懂某种高深的理论，却很难在这两方面作假。

四

现代哲学对于批评的作用，最明显地表现于推动各种批评理论之建立。批评若要不停留于批评家们的个别行为，而试图成为一门在同行之间可以交流的普遍性学科，就有必要对批评的概念、原则、任务、标准、规范、方法等问题进行探讨，这种探讨构成了批评理论的基本内容。很显然，对于这些问题的解答皆取决于对文学之本质的认识，因而可以追溯到某种美学和哲学的立场。凡是系统的亦即真正具备理论形态的批评理论，无不是自觉地以一种哲学理论为其出发点，是那种哲学理论向批评领域的伸展。二十世纪最流行的批评理论，包括马克思主义、存在主义、精神分析、形式主义、结构主义、现象学和解释学各家，皆自报家门，旗帜鲜明地亮出了它们的哲学谱系。

然而，哲学之能够指导批评理论的建立，并不表明它能够指导成功的批评实践。批评是批评家的整体素质作用的产物，在具体的批评实践中，理论教条所起的作用十分有限。每一次真正有价值的批评都是一个独立的事件，是批评家与作品之间的一种独特的感应和一次幸运的相遇，而绝非某个理论的派生物。对于一个素质良好的批评家，合适的理论或许可以成为有效的表述工具。可是，倘若一个批评家缺乏此种素质，对于作品并无自己的感觉和见解，仅靠某种批评理论来从事批评，那么，他实际上对作品本身无话可说，他的批评就必定不是在说作品，而是在借作品说这种理论。事实上，研究批评理论的学者很少是好的批评家，就像研究文学理论的学者很少是好的作家一样，这种情形肯定不是偶然的。

五

批评的任务是阐释作品的意义和判断作品的价值。有一些批评理论主张批评应该排除评价，仅限于阐释。然而，一个批评家选择作品中的什么成分作为自己所要阐释的意义之所在，其实已经包含了一种价值立场，他事实上按照作品满足他对意义的理解的程度对作品进行了评价。对意义的理解是一个真正的哲学问题，它基本上决定了一个批评家对作品的阐释的角度和评价的标准。

文学作品中的什么成分构成了意义，对这个问题的回答取决于对文学的本质的认识，在相当程度上还取决于对世界和人性的认识。每一部作品皆涉及作者、所言说的事物、读者三个方面。意图说和传情说曾经十分盛行，前者把作者的意图当作意义的源泉，后者把读者所获得的教诲、感动、娱乐视为意义的真正体现，这两种立场皆因明显地脱离文本自身的阐释而已显得陈旧。但是，同样是从作品本身的内容中寻找意义，站在不同的哲学立场上，也会认为作品是在言说不同的事物。例如，弗洛伊德主义者会认为是作者个人或人类的深层心理，存在主义者会认为是对人的生存境遇的体验和思考。这些立场所关注的方向虽然各异，但仍然是试图用文学之外的东西来阐释文学作品的意义，因而在当代也受到了特别激烈的批判。倘若仅仅根据这些立场从事阐释，这样的阐释是否还是文学批评的确就成了问题，毋宁说更是社会学、心理学、哲学等等的批评。

然而，作品的内容无非就是作品所言说的事物之总和，撇开了所有这些社会的、心理的、思想的内容等等，作品所剩下的便只有语言形式了。这样一来，对意义的阐释只有两条路可走。一是分析作品中的语词和句子的逻辑意义，如英美语义分析学派之所为，其不属于文学批评的性质当是更加不言而喻的。另一是分析作品的形式结构，目的不是阐释某一具体作品的意义，而是以这一具体作品为标本来建立语言符号如何由其组合方式而产生意义的一般模型，如结构主义学派之所为。这种批评是否属于文学批评也是值得怀疑的，毋宁说它更是一种对文学作品的语言学的和符号学的研究。一种更彻底的立场是否认文学作品中意义的存在，断然拒绝释义。一步步排斥所指，最后能指就必然会成为不问意义的符号游戏，因此结构主义之发展为解构主义几乎是不可避免的。解构主义批评声称要排除与文本无关的一切因素，然而，事实上，它在文本上进行的随心所欲的嬉戏并不比印象主义的主观批评离文本更近。还有一些批评理论也倾向于拒绝释义，而主张把批评的任务限制于研究作品的艺术技巧。这种研究在技术上的细致入微足以使人惊叹，但因撇开作品的精神内涵而不免流于琐碎。

六

批评涉及某些重要的哲学难题，有必要检视一下现代哲学及其指导下的批评理论所提出的解决这些难题的方案。

例如，文本有无它本来的意义，如果有，如何划清该"客观"的意义与批评者的"主观"的理解之间的界限？这一主观与客观的关系问题始终纠缠着批评理论。现代许多批评理论（如俄国形式主义，结构主义，美国新批评派，现象学批评）都试图建立起一套分析的技术或标准，以求排除批评者的"主观"之干扰，使"客观"意义的获取成为可操作和可检验的科学程序。但是，这样做的代价必定是缩减意义的范围，事实上是把它限制在那些可以形式化的东西上了。我认为，到目前为止，哲学解释学为此问题的解决指出了最可取的方向。哲学解释学对理解的本体论结构的揭示表明，理解必定是理解者视域与文本视域的融合。因此，批评不必再纠缠于主观与客观之区分，反而应以两者视域的最大限度的融合为目标，使批评成为一种富有成果的对话。

批评者所要阐释的意义是在作品的内容之中，还是在形式之中？这一内容与形式的关系问题是纠缠着批评理论的另一个难题。如果撇开艺术形式而只看思想内容，批评就不再是文学性质的了。如果撇开思想内容而只看艺术形式，批评就不再是意义的阐释而只成了技巧的分析。在这个问题上，结构主义的方略是破除内容与形式的二分法，将两者融入结构的概念。它不再问作品的一个成分是内容还是形式，只问是否为审美的目的服务，所有为审美目的服务的成分都依照不同的层次组织成一个完整的符号体系。我认为，结构主义把一切内容都形式化了的做法未必可取，但破除内容与形式的二分法无疑是解决这一难题的正确方向。在文学作品中，唯有被艺术地言说的事物才真正构成内容，而事物之被艺术地言说即所谓形式，两者所指的原是同一件事，本来就不可截然分开。

七

哲学与文学都是人类精神生活的形式，在本质上是相通的。因此，哲学之进入文学作品的权利是不容置疑的，问题仅在进入的方式。有不同的进入方式，例如：一、在文学作品中插入哲学的议论，这些议论与作品的文学性内容（情节等等）只在主题上相关，在形式上却彼此脱节，如同一种拼贴；二、用文学的形式表达哲学性的思考和体悟，此种意图十分明确，因而譬如说可以用哲理诗、玄学诗、哲学小说、思想小说等来命名相关的作品；三、自觉地应用某种新潮的哲学思想来创作文学作品，从事文体的实验，譬如罗伯－格里耶的新小说之于结构主义哲学；四、作品本身完全是文学性的，哲学并不在其中的任何部分出场，但作品的整体有一种哲学的底蕴，传达了对世界和人生的一种基本理解或态度。

一般来说，哲学应该以文学的方式存在于文学作品之中，它在作品中最好隐而不露，无迹可寻，却又似乎无处不在。作品的血肉之躯整个是文学的，而哲学是它的心灵。哲学所提供的只是一种深度，而不是一种观点。卡夫卡的作品肯定是有哲学的深度的，但我们在其中找不到哪怕一个明确的哲学观点。哲学与文学的最差的结合是，给文学作品贴上哲学的标签，或者给哲学学说戴上文学的面具。不能排除还存在着像《查拉图斯特拉如是说》这样的作品，几乎无法给它归类，从外到里都是哲学也都是文学，既是哲学著作又是文学精品。所以，说到底，哲学与文学的区分也不是那么重要，一切伟大的作品必定是一个精神性的整体。

八

据此我们可以来探讨哲学与批评相结合的方式了。依据某种哲学观点从事批评，热衷于在作品中寻找这种观点的相似物，或者寻找合适的作品来阐释这种观点，这肯定是最糟糕的结合方式。在最好的情形下，这种批评也只能算作哲学批评而非文学批评。一个批评家或许也信奉某种哲学观点，但是，当他从事文学批评时，他绝不能仅仅代表这种观点出场，而应力求把它悬置起来，尽可能限制它的作用。他真正应该调动的是两样东西，一是他的艺术鉴赏力和判断力，一是他的精神世界的经验整体。文学首先是语言艺术，因此，不言而喻，从事文学批评的人必须能够欣赏语言艺术。判断力的来源，除了艺术直觉之外，还有艺术修养，即对于人类共同艺术遗产的真正了解，因此有能力判断当下这部作品与全部传统的关系，善于发现那种改变了既有经典所构成的秩序从而自身也成为经典的作品。但文学不仅仅是语言艺术，在最深的层次上也是人类精神生活的形式。正是在这一层次上，文学与哲学有了最深刻的联系。也是在这一层次上，哲学以最自然的方式参与了批评。当批评家以他的内在经验的整体面对作品时，哲学已经隐含在其中，这个哲学不是他所信奉的某一种哲学观念，而是他的精神整体的基本倾向、他的真实的世界观和生活态度。批评便是他的精神整体与作品所显示的作者的精神整体之间的对话，这一对话是在人类精神史整体的范围里展开的，并且成了人类精神史整体的一个有机部分。

九

本文对于文学批评所做的思考，在基本原则上也适用于一般的艺术批评。

哲学与随感录

　　我喜欢读哲学家写的随感录。回想起来，我喜欢上哲学，和随感录不无关系。小时候好奇心强，大部头的哲学书也拿来翻读，但读不懂，只觉得哲学高深莫测，玄妙晦涩。后来有一回，翻开一本北京大学哲学系等编译的《古希腊罗马哲学》，却一下子被里面载录的古希腊哲人的"著作残篇"吸引住了。我尤其喜欢赫拉克利特，"博学并不能使人智慧""我寻找过我自己""最美丽的猴子与人类比起来也是丑陋的"，尽管刚读到这些格言时也似懂非懂，但朦胧地觉得它们意味不凡，仿佛一下子悟到哲学是什么了。我按照自己的理解把这些格言穿在一起，相信哲学就是教人智慧，智慧就在于寻找自己，心中暗自把那些博学而从不寻找自己的人讥为"美丽的猴子"。这种早年的读书印象竟然影响了我一辈子，从此铸成了我对哲学的基本看法。

其实，所谓"著作残篇"的说法是很值得商榷的，仍是用后人著书立说的眼光去看古人的述而不作。朱光潜先生探溯随感录体裁的渊源，中国的溯到《论语》，西方的溯到希腊哲学家，我以为很有道理。

我相信哲学与随感录早已结下不解之缘，最早的哲学思考都是直觉和顿悟式的，由之形成的作品必是格言和语录体的。因为言简意赅，弟子们乐于也易于传诵，终于流传下来，刊印成文。它们就是本文，而不是"残篇"。

西方哲学朝体系巨构的方向发展，苏格拉底已开其端。苏格拉底本人擅长格言隽语，且述而不作，不过他重视逻辑的论证和辩驳，为体系哲学埋下了伏线。到他的再传弟子亚里士多德，终于建造起西方哲学史上第一个庞大体系，成为"古代世界的黑格尔"。

我无意小看古代和现代的黑格尔们的哲学成就，但是，就哲学关乎人生智慧而言，我始终偏爱用随感录形式写作的哲学家，例如法国的蒙田、帕斯卡、拉罗什福科，英国的培根，德国的叔本华、尼采。人生问题上的一切真知灼见均直接发自作者的真情实感，又诉诸读者的真情实感，本身就具有打动人心的力量，无须种种繁复的分析、推论、解说和引证来助威。如果我喜欢一个思想，多半是因为这个思想在我的切身体验中得到了印证，而不是因为它的这些逻辑附着物。事实上，即使创体系的哲学家，他自己真正心爱的独创的思想也往往如灵感闪现，具有随感性质，可是为了供奉他心爱的神灵，他不惜工本建造了体系的巍峨宫殿，也就是加上了一大堆逻辑和历史的证明，结果真不知是突出了还是掩盖了那一点真正独创的东西。

随感录的可贵在于真实，如其本然地写出自己的人生感受。在这一点上，我觉得蒙田要胜过培根。培根的随感集在他生前就已风靡一时，多次再版重印，他自己也对之怀着一种个人的偏爱，初版后二十多年间时时带在身边，不断增删修改，精雕细刻，真是字字珠玑、句句格言，聪明美妙的议论俯拾皆是。然而，比起蒙田的无心于问世、只是为自己而写的随感录，读起来钦佩之心有余，却不那么真切感人。当然，求真实并非不讲究语言的技巧，愈是自己喜爱的思想，必定愈舍得花费心血寻找合适的形式，力求表达得凝练、单纯、达意、传神，所以好的随感录都具有质朴的美。写随感录不易，如今有些人爱写华而不实的人生格言，那样的东西只能哄幼稚的读者，却证明作者自己对人生毫无真实的感受。

每当我捧读一部哲学巨著，即使它极有价值，我也会觉得自己是在做功课、搞学问。读好的随感录，却好像在和作者谈心。随着学术和出版的进步，新的学术译著正如潮水般涌来，面对它们我有时不免惶然，颇有应接不暇、浅尝辄止之感。学问真是做不完，即使是哲学界的朋友，聚在一起摆学术的谱，彼此搞不同的课题，也有隔行之感。但是聊起世态人情来，朋友间时有妙语博人一笑又发人深省，便打破了学术的樊篱，沟通了心灵。于是我想，只要人生智慧相通，学海无边又何足悲叹？读随感录时，我获得的正是类似的慰藉。

我爱读随感录，也爱写随感录。有两样东西，我写时是绝没有考虑发表的，即使永无发表的可能也是一定要写的，这就是诗和随感。

前者是我的感情日记，后者是我的思想日记。如果我去流浪，只许带走最少的东西，我就带这两样。因为它们是我最真实的东西，有它们，我的生命线索就不致中断。中国也许会出创体系的大哲学家，但我确信我非其人。平生无大志，只求活得真实，并随时记下自己真实的感受，借此留下生命的足迹，这就是我在哲学上的全部野心了。

哲学世界里的闲人

在哲学世界里，我是个闲人游客。我爱到野外眺望日落，爱在幽静的林间小路散步，也爱逛大街小巷看众生相。唯独见了挂着"闲人莫入""游客止步"招牌的严肃去处，我就知趣地规避。我知道那是办公重地，而我是没有什么公要办的，窃以为那里面的空气对于我的健康和我的哲学也均为不利。

很早的时候，哲学世界里是没有这些个办公重地的。古代哲人们的活动场所就在蓝天之下：赫拉克利特在破庙旁，苏格拉底在街头，亚里士多德在森林中，伊壁鸠鲁在花园里。最奇的是第欧根尼，他的"办公室"是一只木桶。亚历山大皇帝恭问可以为他效什么劳，他答只有一件事，就是："请你走开，不要遮住我的阳光。"那是哲学家的黄金时代，哲学家个个穷得像乞丐，傲得赛帝王。他们实际上是富有的，拥有千金难买的悠闲和智慧。

不知从何时起，哲学家们也煞有介事地忙碌起来了。他们忙于编写讲义，构筑体系，读释经典，考订档案。在他们手里，以寻求人生智慧为唯一使命的哲学逐渐演变为内容庞杂、分科琐细的学术。到了今天，哲学简直成了一幢迷宫式的办公大楼，里面有数不清的房间和名目繁多的科室，门上贴着形形色色的术语标签。可惜的是，你在这些房间里只能见到许多伏案办公的职员，却见不到一个真正的哲学家。

我对哲学怀有一种也许过时的信念。我始终认为，哲学不是公共事业，而是属于私人灵魂的事情。当一个人的灵魂对于人生产生某些根本性的疑问时，他就会求诸哲学。真正的哲学问题是古老而常新的。随着文明的进化，学术会愈来愈复杂，但哲学永远是单纯的。我们之所以步入哲学，正因为它是一块清静的园地，在这里我们可以摆脱琐碎的日常事务，从容倾听自己灵魂的独白，并和别的灵魂对话。如果我们反而陷入了琐碎的学术事务，岂非违背哲学的初衷，那是何苦来呢？

常常有年轻人向我表示，他们热爱人生问题的思考，渴望读哲学系，以哲学为终身职业。遇到这种情况，我每每加以劝阻。我对他们说，做哲学家和读哲学系完全是两回事。哲学本质上只能自学，哲学家必定是自学成才的。如果说有老师，也只是历史上的大哲人，直接师事他们，没有任何中间环节。至于吃哲学饭与做哲学家就更加风马牛不相及了。吃哲学饭无关乎灵魂，不过是社会上说空话最多挣钱最少的一个行当罢了。一个人完全不必进那幢哲学办公大楼去做一个小职员，而仍然可以是一个出色的人生思考者，也就是说，一个哲学家。

当然，这是极而言之。事实上，一个人只要有足够的悟性，是可以不被专业化哲学败坏的。我的意思是想表明，本真意义上的哲学不是一门学术，也不是一种职业，而是一个向一切探索人生真理的灵魂敞开的精神世界。不论你学问多少、以何为生，只要你思考人生，有所彻悟，你就已经在这个世界里悠闲漫游了。我自己也只想做这样一个闲人游客，并且恰如其分地把自己的作品看作一种心灵的闲谈和游记。

哲学不只是慰藉

德波顿的《哲学的慰藉》一书选择西方哲学史上六位哲学家，从不同角度阐述了哲学对于人生的慰藉作用。人生中有种种不如意处，其中有一些是可改变的，有一些是不可改变的。对于那些不可改变的缺陷，哲学提供了一种视角，帮助我们坦然面对和接受。在此意义上，可以说哲学是一种慰藉。但是，哲学不只是慰藉，更是智慧。二者的区别也许在于，慰藉类似于心理治疗，重在调整我们的心态，智慧调整的却是我们看世界和人生的总体眼光。因此，如果把哲学的作用归结为慰藉，就有可能缩小甚至歪曲哲学的内涵。

全书中，我读得最有兴味的是写塞内加的一章。部分原因可能是，这一章比较切题，斯多亚派哲学家本身就重视哲学的慰藉作用，塞内加自己就有以《慰藉》为题的著作。作为罗马宫廷的重臣，此人以弄权和奢华著称，颇招时人及后世訾议。不过，他到底是一个智者，身在大富大贵之中，仍能清醒地视富贵为身外之物，用他的话来说便是："我从来没有信任过命运女神……我把她赐予我的一切——金钱、官位、权势——都搁置在一个地方，可以让她随时拿回去而不干扰我。我同那些东西之间保持很宽的距离，这样，她只是把它们取走，而不是从我身上强行剥走。"不止于此，对于家庭、儿女、朋友乃至自己的身体都应作如是观。塞内加的看法是：人对有准备的、理解了的挫折承受力最强，反之受伤害最重。哲学的作用就在于：第一，使人认识到任何一种坏事都可能发生，从而随时做好准备；第二，帮助人理解已经发生的坏事，认识到它们未必那么坏。坏事为什么未必那么坏呢？请不要在这里转坏事变好事之类的通俗辩证法，塞内加的理由见于一句精辟之言："何必为部分生活而哭泣？君不见全部人生都催人泪下。"叔本华有一个类似说法：倘若一个人着眼于整体而非一己的命运，他的行为就会更像是一个智者而非一个受难者了。哲人之为哲人，就在于看到了整个人生的全景和限度，因而能够站在整体的高度与一切个别灾难拉开距离，达成和解。塞内加是说到做到的。他官场一度失意，被流放到荒凉的科西嘉，始终泰然自若。最后，暴君尼禄上台，命他自杀，同伴们一片哭声，他从容问道："你们的哲学哪里去了？"

　　蒙田是我的老朋友了，现在从本书中重温他的一些言论，备感亲切。作者引用了蒙田谈论性事的片段，评论道："他把人们私下都经历过而极少听到的事勇敢地说出来……蒙田的勇气基于他的信念：凡是能发生在人身上的事就没有不人道的。"说得好，有蒙田自己的话做证："每一个人的形体都承载着全部人的状况。"然而，正因为此，这一章的标题"对缺陷的慰藉"就很不确切了。再看蒙田的警句："登上至高无上的御座，仍只能坐在屁股上。""国王与哲学家皆拉屎，贵妇人亦然。"很显然，在蒙田眼里，性事、屁股、拉屎等哪里是什么缺陷啊，恰好是最正常的人性现象，因此我们完全应该以最正常的心态去面对。一个人对于人性有了足够的理解，他看人包括看自己的眼光就会变得既深刻又宽容，在这样的眼光下，一切隐私都可以还原成普遍的人性现象，一切个人经历都可以转化成心灵的财富。想起最近我的自传所引起的所谓自曝隐私的非议，我倒真觉得蒙田是一个慰藉，但不是对我的缺陷的慰藉，而是对我的智慧的慰藉。

在当今这个崇拜财富的时代，关于伊壁鸠鲁的一章也颇值得一读。这位古希腊哲学家把快乐视为人生最高价值，他的哲学因此被冠以享乐主义的名称，他本人则俨然成了一切酒色之徒的祖师爷，这真是天大的误会。其实，他的哲学的核心思想恰恰是主张，真正的快乐对于物质的依赖十分有限，无非是食、住、衣的基本条件。超出了一定限度，财富的增加便不再能带来快乐的增加了。奢侈对于快乐并无实质的贡献，往往还导致痛苦。事实上，无论是伊壁鸠鲁，还是继承了他的基本思想的后世哲学家，比如英国功利主义者，全都主张快乐更多地依赖于精神而非物质。这个道理一点也不深奥，任何一个品尝过两种快乐的人都可以凭自身的体验予以证明，沉湎于物质快乐而不知精神快乐为何物的人也可以凭自己的空虚予以证明。

本书还有三章分别论述苏格拉底、叔本华、尼采，我觉得相比之下较差，就这些哲学家的精华而言，基本上是捡了芝麻丢了西瓜。

部分原因也许在于，这三人的哲学是更不能以慰藉论之的。尤其尼采，他的哲学的基本精神恰恰是反对形形色色的慰藉，直面人生的悲剧性质，以此证明人的高贵和伟大。作者从尼采著作中择取登山的意象，来解说"困难中的慰藉"，不但显得勉强，而且多少有些把尼采哲学平庸化了。

轻视哲学的民族不可能优秀

今年（2005年）高校招生工作已结束，如同近些年一样，许多学校哲学系考生稀少，门可罗雀。当然，这一情况完全是在意料之中的。在今日社会急功近利的总体氛围中，大学孜孜于与市场接轨，越来越成为职业的培训场，一般考生自然也就把就业前景树为选择专业的首要标准了。因此，毫不奇怪，不但文史哲一类人文学科，连数理化一类自然科学基础学科，都在不同程度上成了冷门，财经、法律、计算机等实用性强的学科则成了显学。

其实，依我之见，哲学系考生少并不足虑，反倒是正常的现象。我一向认为，一个国家不需要有许多以哲学为专业的人，就像不需要有许多数学家、理论物理学家一样。更确切地说，不是不需要，而是不可能、不应该。作为一门学科的哲学具有高度的抽象性和思辨性，对之真正有兴趣和能力的人是绝不会多的，这种情况也正与数学、理论物理学领域相似。如果哲学成为热门专业，必定是出了问题，说明有利可图，使得许多对哲学并无真正兴趣和能力的人拥了进来。

彼特拉克有一句名言："哲学啊，你是贫困地光着身子走进来的。"尼采也曾在相同意义上建议，不给哲学家发薪金，让他们在野地上生长，借此赶走那些想靠哲学牟利的假哲学家。这多少是愤激之言，哲学家毕竟也要吃饭，但基本意思是对的，就是哲学对于决心以之为终身志业的人有很高的要求，不容存名利之想。借用耶稣的话说，通向哲学的门是"窄门"，只有不畏寂寞、贫困——在今天还要加上失业——的人才能够进入。从这个角度看，哲学系考生少未必是坏事，因为其中真爱哲学的人的比例也许就提高了。

不过，这仅是一个角度。换一个角度看，考生少意味着缺乏竞争，录取分数较低，又可能导致素质较差者进入。解决这个问题的一个办法是，缩减哲学系的数量和招生名额。事实上，本来就不必每所大学都办哲学系。应该让有志于哲学的考生感到，不管哲学如何冷门，考上哲学系就是优秀，就是光荣。

上面说的是哲学系考生少本身不足虑，接下来我要说一说这个现象反映出来的足虑的一面。一个国家不需要有许多以哲学为专业的人，这绝不等于说一个国家不需要哲学。作为对世界和人类根本问题的思考，哲学代表了一个民族在精神上所站立的高度，决定了它能否作为一个优秀民族在世界上发挥作用。真正令人忧虑的是我们民族今天所表现出来的严重世俗化倾向，对于物质财富的热衷和对于精神价值的轻蔑。如果青少年中智商较高的人都一窝蜂奔实用性专业而去了，我们就很难再指望哲学人文科学会出现繁荣的局面。其实，即如经济、法律等似乎偏于实用的学科，从业者若没有哲学的功底，也是绝不会有大出息的。

轻视哲学无疑是目光短浅之举。一个世纪前，张之洞为清朝廷拟定大学章程，视哲学为无用之学科，在大学课程中予以削除，青年王国维即撰文指出："以功用论哲学，则哲学之价值失。哲学之所以有价值者，正以其超出乎利用之范围故也。且夫人类岂徒为利用而生活者哉。人于生活之欲外，有知识焉，有感情焉。感情之最高之满足，必求之文学、美术。知识之最高之满足，必求诸哲学。"这正是哲学的"无用之用"。王国维的话在当时是空谷足音，在今天仍发人深省。

写到这里，我仿佛听见一个声音在责问我：我们现在学校里所教授的哲学能够给人以"知识之最高之满足"吗？这就触及哲学系考生少的另一个原因了。在我们的学校里，中学生和非哲学专业的大学生是从政治课上获得对于哲学的概念的，这样的哲学不能使他们享受思考的快乐，反而使他们感到枯燥。因此，为了澄清对哲学的普遍误解，让人们感受到哲学的魅力，就有必要改革我们的哲学课程，第一步是把它从政治课中分离出来，恢复它作为爱智慧的本来面貌和作为最高问题之思考的独立地位。

鼓励孩子的哲学兴趣

在一定的意义上，孩子都是自发的哲学家。他们当然并不知道什么是哲学，但是，活跃在他们小脑瓜里的许多问题是真正哲学性质的。我相信，就平均水平而言，孩子们对哲学问题的兴趣要远远超过大多数成人。这一方面是因为，从幼儿期到青春期，正是一个人的理性开始觉醒并逐渐走向成熟的时期，好奇心最强烈，求知欲最旺盛。另一方面，展现在他们眼前的是一个全新的世界，在这个阶段内，生命的生长本身就不断带来对人生的新的发现、看世界的新的角度，使他们迷乱和兴奋，也使他们困惑和思考。哲学原是对世界和人生的真相之探究，童年和青少年时期恰有发生这种探究的最佳机会。

然而，在多数人身上，随着年龄和阅历增长，曾经有过的那种自发的哲学兴趣似乎完全消失了，岁月把一个个小哲学家改造成了大俗人。之所以发生这种情况，孩子周围的大人——包括家长和老师——要负相当大的责任。据我所见，对于孩子提出的哲学问题，大人们普遍以三种方式处理：一是无动于衷，认为不值得理睬；二是粗暴地顶回去，教训孩子不要瞎想；三是自以为是，用一个简单的答案打发孩子。在大人们心目中，对世界和人生的思考太玄虚、太无用，功课、考试、将来的好职业才是正经事。在这种急功近利的氛围中，孩子们的哲学兴趣不但得不到鼓励，而且往往过早地遭到了扼杀。

哲学到底有用还是无用，要回答这个问题，关键是如何看待所谓"用"。如果你只认为应试、谋职、赚钱是有用，那么，哲学的确没有什么用。可是，如果你希望孩子成为一个真正优秀的人，那么，哲学恰恰是最有用的。人类历史上的一切优秀者，不管是哪一个领域的，必是对世界和人生有自己广阔的思考和独特的理解的人。一个人只有小聪明而没有大智慧，却做成了大事业，这样的例子古今中外都不曾有过呢。

所以，如果你真正爱孩子，关心他们的前途，就应该把你自己的眼光放得远一点。不要挫伤孩子自发的哲学兴趣，要保护和鼓励，而最好的鼓励办法就是和他们一起思考和讨论。事实上，任何一个真正的哲学问题都不可能有所谓标准答案，可贵的是发问和探究的过程本身，使我们对那些根本问题的思考始终处于活泼的状态。

在这方面，我们急需有水平的启蒙读物。好的启蒙书其实不但适合于孩子阅读，也适合于家长和孩子、老师和学生一同阅读。在相当大的程度上，大人也需要受启蒙，否则就当不好家长和老师，难道不是吗？

哲学与孩子与通俗化

最近，广东教育出版社出版了一套面向少儿读者的"画说哲学"小丛书，我也参与了写作，因为我确信这是一件很有意义的事情。

在一切学问中，哲学最不实用。在一切时代中，我们的时代最讲究实用。哲学在今天的命运就可想而知了。不过，我并不因此悲观，理由是：一、我从来不期望哲学成为热门，哲学成为热门未必是好事；二、在任何时代，总是有不讲究实用的一代人，那就是涉世未深的少年儿童。

童年和少年是哲学的黄金时期。无论东西方，最好的哲学都出在公元前五世纪左右，那是人类的童年和少年时期。对于个人也是这样，在这个年龄上，正在觉醒的好奇心直接面对世界和人生，其间还没有隔着种种遮蔽人的心智的利欲和俗见。孩子们多么善于提出既不实用又无答案的问题呵，这正是哲学问题的典型特点，可惜的是，它们往往被毫无哲学听觉的大人们扼杀了，同时也扼杀了许多未来的哲学家。当然，这对这些孩子自己未必是不幸，因为真的成了哲学家，他们就很难在社会上吃得开，更不用想当高官大款了。但是，我想，他们中间或许会有一些人，像我们一样，将来并不后悔做穷哲学家；而那些将来有希望当高官大款的人，他们也会不反对自己保留一点哲学眼光，以便在社会的沉浮中有以自持。所以，编写这套面向少年儿童的哲学读物，很可能是一件虽然无用然而有益的事情。

据说有些哲学专业人员认为，写通俗的哲学作品必然会降低哲学的水准，丧失哲学的真髓。因此，他们站在专业立场上坚决反对把哲学通俗化。其实，所谓"通俗"是一个太笼统的说法。"通"本是与"隔"相对而言的，一个作者对自己所处理的题目融会贯通，因而能与相应的读者沟通，在这两方面均无阻隔，便是"通"。"俗"则是与"雅"相对而言的，指内容的浅显和形式的易于流行。所以，"通"和"俗"原不可相提并论。事实上，世上多的是"俗"而不"通"或"雅"而不"通"的制品，却少有真正"通"而不"俗"的作品。难的不是"雅"，而是"通"。而且我相信，只要真正"通"了，作品就必定不"俗"。柏拉图的许多对话、帕斯卡的思想录、蒙田的随笔、尼采的格言、圣埃克苏佩里的哲学童话《小王子》，看似通俗易懂，却都是哲学的精品。有时候，深刻的理论发现为了不使自己与已有的理论相混淆，不得不寻找与众不同的表达，或许难免显得艰涩。但是，表达得清晰生动而又不损害思想的独创性和深刻性，这无论如何属于一流的语言技巧，不是贬低了而是更加显示了一位大师的水准。相反，如果不"通"，不管怎样写得让人看不懂，也只是冒充高雅、故弄玄虚而已。

所以，我丝毫不看轻给孩子们写哲学书这项工作。就我个人的爱好而言，我是更乐意和孩子们（包括童心未泯的大人）谈哲学的。与学者们讨论哲学，很多时候是在卖弄学问。在孩子们面前，卖弄学问就无济于事了。当事情涉及启迪智慧时，孩子是最不好骗的。如果我自己不"通"，我就绝不可能让他们对我的话装出感兴趣和理解的样子。我必须抛开在哲学课堂上学来的一切半生不熟的知识，回到最原初的哲学问题上来，用最原初的方式来思考和讲述。对我来说，这差不多是哲学上的一种返璞归真和正本清源。以后若还有机会，我有心继续这种尝试，而且把这看作对自己的哲学能力的一种真正考验。

哲学与我们的时代

　　萨特百年诞辰已经过去了。略具讽刺意味的是，围绕这个日子，最引人关注的不是萨特的作品和思想，而是他在今天遭遇到的冷清，这种冷清成了媒体上一个小小的热门话题。那些成长于二十世纪八十年代的人对此感触尤深，他们经历过那个年代的所谓萨特热、尼采热、弗洛伊德热等等，曾为这些名字激动过，时过境迁，不免生出一种怀旧的情绪。的确，时代场景的变化实在太大了，当年以思潮为主角的精神浪漫已被今天以时尚为主角的物质浪漫取代，哲学曾是最有诗意的东西，今天似乎黯然失色了，让位给了金钱和财富。

　　一个普遍的疑问：哲学过时了吗？今天的时代还需要哲学吗？

　　我的回答是：需要，但未必是那种以思潮面貌出现的哲学。思潮式的哲学的确过时了，当然不排斥有朝一日它又会时兴。一般来说，只有在某些特殊的历史背景下，例如二十世纪六十年代法国的激进学生运动、八十年代我国的社会转型初期，哲学才会以思潮的形式流行。

大体而论，哲学有四种不同的存在形式。一是作为形而上学的沉思和伟大思想体系的创造，它属于哲学史上的天才。二是作为学术，它属于学者。三是作为思潮或意识形态，它属于大众。四是作为人生思考，它属于每一个不愿虚度人生的人。前两种属于少数人，不过学者与天才之间有着天壤之别。后两种属于多数人，而一个普通人是作为大众还是作为个人走向哲学，情况也迥然不同。在我看来，一个人不是作为大众追随一种思潮，而是作为独立的个人思考人生，这是更符合哲学之本义的状态的，这时候他离哲学不是远了，而是近了。正是这一意义上的哲学在今天不但没有过时，而且格外为人们所需要。

哲学常常被定义为世界观和人生观，这个定义基本上可以接受，但我要强调"观"这个词：世界观就是"观"世界，人生观就是"观"人生。我们平时所做之事、所过之生活总是一个局部，哲学就是要我们从这个局部中跳出来，"观"世界和人生的全局。通过"观"全局，我们才能获得一个正确的坐标，用以衡量自己所过的生活有无意义、怎样生活才有意义。今天时代的一个显著特征是急功近利，人们似乎都很渴望成功，但对成功的理解十分狭隘，往往局限于谋职和发财之类，"励志"类书籍因之畅销。我想特别强调，所谓"励志"与哲学是正相反对的。"励志"只有一个功利的小坐标，把人生当作一种资本来经营，这样即使取得了成功，也只是一种渺小的成功。哲学则立足于人生全局的大坐标，它告诉人们，真正的成功首先应是做人的成功，即做一个精神上优秀的人，生活得有意义，而事业的成功不过是做人的成功的一个自然结果而已。

一个不问生活意义的人当然是不需要哲学的，可是，我相信，人毕竟是有灵魂的，没有谁真正不在乎活得有没有意义。事实上，人们越是被世俗化潮流胁迫着拼搏在功利战场上，生活在人生的表面，心中就越是为意义的缺失而困惑、而焦虑。因此，在今天的时代，我们比以往任何时候都更需要哲学来为自己的人生定位和定向，哲学仅在表面上似乎成了弃妇，实际上却是许多人的梦中情人。

做一个有灵魂的人

最近，《中国教育报》对中学生的课外阅读做调查，结果显示，哲学类书籍在其中占据相当大比重。同时，也发现不少人对哲学有误解。该报记者汇集了一些问题，希望我有针对性地与中学生谈一谈哲学的学习。这正是我乐意做的事情，因为我相信，中学生里一定有许多哲学的潜在知音，对他们说话绝不会白费口舌。

一、哲学是什么？教科书上说是关于世界观的学问，这个定义好像太笼统。调查中发现，很多学生以为哲学就是马克思主义或政治课本，觉得枯燥，但他们喜欢读哲理散文，例如您的文章。您如何看待这种现象？

哲学一词的本义是爱智慧，通俗地说，就是不愿稀里糊涂地活着，要活得明白。苏格拉底有一句名言"未经省察的人生没有价值"，就是这个意思。而要活得明白，就必须用自己的头脑去想世界和人生的根本问题。在此意义上，可以说哲学就是世界观和人生观。我不太赞同哲学是学问的提法，因为说学问就容易凝固化。严格地说，哲学不是一门学问，而是一种思考的状态。请注意"观"这个词，世界观就是"观"世界，人生观就是"观"人生，第一要用自己的眼睛去"观"，第二所"观"的应是世界和人生的全局。我们平时往往沉湎在身边的琐事之中，但有时也会从中跳出来，想一想世界究竟是什么、人生究竟有什么意义这样的问题，这时候就是在进行哲学思考了。哲学是"观"全局的活动，其最重要的特征，一是独立思考，二是思考根本问题。

马克思是一位大哲学家，马克思主义是一种在现代具有重要影响的哲学，这是现代许多哲学家都承认的。但是，马克思主义哲学是在西方哲学传统中产生的，脱离这个传统，就不可能正确理解。在我们的教科书中，它被孤立起来了，它的丰富内涵又被简单化为一些教条，这当然会使学生对哲学产生误解和厌倦。我本人认为，中学哲学教学的改革势在必行。

二、如今书店里最多的哲理读物是励志类书籍，您认为它们会给中学生带来何种影响？

现在书店里充斥着所谓励志类书籍，其内容无非是教人如何在名利场上拼搏，出人头地，发财致富，如何精明地处理人际关系，讨老板欢心，在社会上吃得开，诸如此类。依我看，这类东西基本上是垃圾，与哲学完全不沾边。偏是这类东西似乎十分畅销，每次在书店看到它们堆放在最醒目的位置上，满眼是"经营自我""致富圣经""人生策略""能说会道才能赢"之类庸俗不堪的书名，我就为我们的民族感到悲哀，何以竟堕落到了这等地步。使我惊讶的是，对于这种东西，稍有灵性的人都会产生本能的厌恶，怎么还有人而且许多人把它们买回去读？事实上，它们大多是书商找写手胡乱编造出来的，目的是骗钱，写手自己绝非成功之人，读它们的人怎么可能成功？可见这个时代已经急功近利到了盲目的程度。这种书会不会对中学生带来不良影响？当然会。不过，我相信，就本性而言，青少年蓬勃向上的心灵是不会喜欢这种散发着腐朽气息的东西的，没有一个孩子愿意自己变得世故。如果他们中有人也读这种书，我敢断言，多半是庸俗的家长硬塞给他的。我希望广大中学生远离这种书，以读这种书为耻，因为这意味着年轻纯洁的心过早变老变平庸了。

这里我想顺便谈一谈为什么要学哲学。人是应该有进取心的，问题是朝什么方向进取。哲学让人综观世界和人生的全局，实际上就为人的进取方向提供了一个坐标。一个人活在世上只是追求世俗的成功，名啊利啊什么的，他的成功只是表面的，仍然是在混日子而已，区别只在混得好不好。真正的成功是做人的成功，即我们都是孤独的行路人，一个精神上优秀的大写的人。这样的人即使在世俗的意义上不很成功，他的人生仍是充满意义的。可是，事实上，人类历史上一切伟大的成功者恰恰出于这样的人之中。不管在哪一个领域，包括创造财富的领域，做成大事业的绝非只有一些小伎俩的"精明"之人，而必是对世界和人生有广阔思考和独特领悟的拥有大智慧的人。

三、您曾说您最乐意与孩子谈哲学，您的《画说哲学——我们对世界的认识》《画说哲学——精神的故乡》二书也是为孩子写的。您能不能谈一谈，一个人在什么年龄学哲学最合适？中学生应该怎样学哲学？您能否推荐一些适合于中学生的哲学读物？

一个人在任何年龄都可以学哲学。在不同的年龄，学习的方式和感受是不同的。黑格尔说过，对于同一句格言，少年人和老年人会有很不同的理解。不过，就哲学是爱智慧而言，我觉得中学和大学低年级是开始学哲学的最佳年龄。有一本书的书名叫《孩子是个哲学家》，我很赞同这个说法。爱智慧开始于好奇心，而孩子的好奇心是最强烈的，面对一个全新的世界和人生，他们什么都要问，其中许多是真正哲学性质的。只是在小学时，年龄太小，好奇心虽然强烈，理性思维的能力毕竟还弱，应该鼓励孩子的自发兴趣，但不宜于正式学习。到了中学阶段，可以开始正式学习了。所谓正式学习，也不是一本正经地读教科书。你看在古希腊时代，苏格拉底整天在街头与人聊天，最喜欢听他聊天的正是一些高中生、大学生年龄的人，他也最喜欢与这样年龄的人聊，认为他们的心灵是最适宜播下哲学种子的肥土。就在这样的聊天中，这些青少年学到了哲学，其中好几位成了大哲学家，比如柏拉图。

可是，今天的中学生到哪里去找这样一个苏格拉底啊，主要还得靠自己阅读。一开始当然只能读一些比较通俗的入门书，在选择这类读物的时候，我想强调两条标准，第一要有趣，第二起点要高。既有趣起点又高，谈何容易？其实好的通俗哲学书是非常难写的，必出于大家之手。这方面有两本书值得推荐，一是罗素的《西方的智慧》，另一是杜兰特的《哲学的故事》。到了高中和大学阶段，如果你想深入学哲学，我建议你读一本比较可靠的哲学史，比如梯利的《西方哲学史》，然后，选择其中谈到的你感兴趣的哲学家，去看他们的原著。我这里说的是学习西方哲学，学习中国古代哲学的道理与此相同。根据我的经验，要真正领悟哲学是什么，最好的办法就是读大哲学家的原著，看他们在想什么问题和怎样想这些问题。你一旦读了进去，就再也不想去碰那些粗浅的启蒙读物了。

谁来上哲学课

　　哲学课可以是最令人生厌的，也可以是最引人入胜的，就看谁来上这门课了。谁来上是重要的。与别的课以传授知识为主不同，在哲学课上，传授知识只居于次要地位，首要目标是点燃对智慧的爱，引导学生思考世界和人生的重大问题。要达到这个目标，哲学教师自己就必须是一个有着活泼心智的爱智者。他能在课堂上产生一个磁场，把思想的乐趣传递给学生。他是一个证人，学生看见他便相信了哲学绝非一种枯燥的东西。这样一个教师当然不会拿着别人编的现成教材来给学生上课，他必须自己编教材，在其中贯穿着他的独特眼光和独立思考。

　　傅佩荣先生的《哲学与人生》就是这样的一本教材。他开设的这门课程在台湾大学受到热烈欢迎，被学生评为"最佳通识课程"，我读了以后觉得是名实相符的。傅先生对于哲学真有心得，而且善于做简洁清晰的表达。比如在讲解哲学是"爱智"时，他把"爱智"定义为"保持好奇的天性，探询一切事物的真相"的生活态度，把"智慧"概括为"完整"和"根本"两个特征，又将"爱智"的"爱"解释为温和而理性的"友爱"，而与狂热的"情爱"、浮泛的"博爱"相区别，令人感到既准确又颇具新意。我还欣赏傅先生眼界和心胸的开阔，没有门户之见，在他的课程中做到了两个打通。一是打通各个精神领域，讲哲学而不局限于哲学学科，分别列出专章论述神话、艺术、宗教、教育对于人生哲学的特殊贡献，把人生问题置于文化的大视野中来考察。二是打通中西哲学，西方的重点放在苏格拉底和存在主义，中国则着重阐述了儒道二家哲学的内在理路及其价值，博采众家之长，在建构现代人生哲学时对一切思想资源保持开放的心态。

人们是否赞同本书中的某些具体观点，这丝毫不重要。一个优秀哲学教师的本事不在于让学生接受他的见解，而在于让学生受到他的熏陶，思想始终处于活跃的状态。我对哲学课的最低和最高要求是把学生领进哲学之门，使他们约略领悟到哲学的爱智魅力，但这岂是一件容易的事！多少哲学教学的结果是南辕北辙，使学生听见哲学一词就头痛，看见贴着哲学标签的门就扭头，其实那些门哪里是通往哲学的呢。因此，在向读者推荐本书的同时，我期待我们通识课程的改革，从而出现一批真正能把学生领进哲学之门的哲学教师和哲学教材。

04

人文精神的哲学思考

人文精神的哲学思考

　　"人文精神"这个词，大家都挂在嘴上，但对它的含义的理解却比较模糊，我也一样。我稍微认真地想了想，有了一个思路，提出来和大家讨论。

　　在西文中，"人文精神"一词应该是 humanism，通常译作人文主义、人本主义、人道主义。狭义是指文艺复兴时期的一种思潮，其核心思想为：一、关心人，以人为本，重视人的价值，反对神学对人性的压抑；二、张扬人的理性，反对神学对理性的贬低；三、主张灵肉和谐、立足于尘世生活的超越性精神追求，反对神学的灵肉对立、用天国生活否定尘世生活。广义则指欧洲始于古希腊的一种文化传统。

　　和"人文精神"有关的另一个词是 humanities 或 humane studies，通常译作人文科学。在西方，根据研究对象的不同，一般把学科划分为自然科学、社会科学、人文科学三大部分。其中，人文科学是研究人或人性的学科，可以笼统地称作人学或人性学。在德国，人文科学叫 diegeistige Wissenschaft，即精神科学。究竟哪些学科属于人文科学或精神科学，各国的划分有出入，但大致都包括文学、语言学、艺术学、历史学、考古学、哲学、法学等。一般来说，在人文科学中，价值观点占据更重要的位置，其他科学则更注重事实（现象）和逻辑。当然，这只是相对而言，事实上，人文价值观点也常常作为一种研究方法用于其他学科。

根据以上分析，我把人文精神的基本内涵确定为三个层次：一、人性，对人的幸福和尊严的追求，是广义的人道主义精神；二、理性，对真理的追求，是广义的科学精神；三、超越性，对生活意义的追求，是广义的宗教精神。简单地说，就是关心人，尤其是关心人的精神生活；尊重人的价值，尤其是尊重人作为精神存在的价值（尊重精神价值）。

一、人性：尊重人的价值

人文精神的起点是对人的价值的尊重，确认人是宇宙间的最高价值。这一方面是相对于物而言的，人永远比物宝贵；另一方面是相对于神而言的，不能以神的名义压制人。

从这一点出发，人文精神肯定人的尘世幸福，认为人生的价值应在现世实现，人有权追求尘世的幸福，不能把幸福推延到天国或不可见的未来。其中也包括肯定感官的快乐，反对禁欲主义。

但是，和人的生物性欲求相比，人文精神更看重人的精神性品格，认为后者是人的尊严之所在。也就是说，对人来说，尊严高于幸福。关于这一点，康德的解说最有代表性。他认为，人一方面属于现象界，具有感性，受制于自然法则，追求快乐（幸福）；另一方面属于本体界，具有理性，能够为自己建立道德法则，"人的尊严就在于这个能够做普遍律的立法者的资格"，它证明人是自由的。正是在人的尊严之意义上，他进一步提出：人是目的，永远不可把人用作手段。

我对康德这个观点的理解是：所谓人是目的，就是要把人当作精神性存在加以尊重。这分对己和对人两个方面。一方面，每个人要把自己当作精神性存在、当作独立人格加以尊重，在任何情况下不能丧失做人的尊严和人格。现在有些人为了物质利益而丧失人格，他们实际上就是不把自己当作目的而是当作手段了，是把自己当作了谋取物质利益的工具。另一方面，每个人也要把他人当作精神性存在、当作有独立人格的个人加以尊重，在任何情况下不可侮辱他人的人格，贬损他人作为人的尊严。我认为，我们的文化传统中一向缺少人的尊严这个极其重要的观念。比如说，现在人们普遍痛感诚信的缺乏，都在呼吁诚信。仔细分析一下，为什么会缺乏诚信呢？其实根源就在缺乏人的尊严之意识。一个人之能够诚实守信，基础是自尊，他仿佛如此说：这是我的真实想法，我愿意对它负责。一个人之能够信任他人，基础是尊重他人，他仿佛如此说：我要知道你的真实想法，并相信你会对它负责。可见诚信是以双方共有的人的尊严之意识为基础的。没有这样的意识，就会互相之间把自己也把对方看作工具，为了利益不择手段，哪有诚信可言。

尊重人的价值不能流于空泛，必须落实到尊重每一个个人。因此，个人主义也是西方人文精神的一个重要传统。我们常把个人主义当作自私自利、损人利己的同义词，理解未免太偏太窄。西方思想家也会在不同的意义上使用 individualism（个人主义）一词，在肯定的意义上，这个词是指对个性、个人独特性的推崇。作为一种伦理思想，个人主义强调：每个人的生命（和灵魂）是独一无二、不可重复的，本身就具有不可替代的价值，必须予以尊重。每个人都有责任也有权利充分实现自己的个性和人生价值。同样，每个人对他人也应该如此看待。在个人与社会的关系上，个人主义认为，个人是目的而非手段，一种合理的社会秩序应该有助于一切个人的自由发展。

在个人主义伦理思想和自然法传统的基础上，又形成了自由主义政治思想的传统。其实，自然法传统也与个人主义密切相关，其基本主张是：个人拥有天赋权利（生命、自由和财产）；政府和社会的存在是为了保护个人的权利。自由主义的基本思想可归结为两点：

第一，个人自由原则。在涉及自己的行为上，个人拥有完全的自由，不受他人（和政府）的强制。这一点当然也适用于每个人对他人的关系，任何人不得对他人实施强制。在为这个原则辩护时，一般举出两方面的理由。一方面，个性本身即是价值。如同约翰·穆勒所说：一个人"自己规划其存在的方式总是最好的，不是因为这方式本身算最好，而是因为这是他自己的方式"。当代自由主义思想家哈耶克则指出：人性有着无限的多样性，个人的能力及潜力的先天差异性使每一个人都"具有成为一个特立独行的个人的素质"，是自由理想和个人价值理想的生物学依据。另一方面，个人自由有益于社会，包括在物质上，如同亚当·斯密所说，个人之间的自由竞争像一只"看不见的手"那样，能够形成最合理的经济秩序。也包括在精神上（思想、言论、信仰），个人自由能够最有效地促进思想发展和文化繁荣。

第二，法治原则。为防阻强制的发生，保障个人自由，需要法律和政府。但是，政府一旦存在，就有了政府侵犯个人自由的可能性。因此，法治原则主要是针对政府的，旨在保证政府依据法律治理。其要点为：一、法律的目的仅在于保护个人自由，防阻强制的发生，有悖于此的虽由立法机关颁布亦为非法。二、法律是普遍性规则，不针对具体的人和事，法律面前人人平等。三、法律至上，政府必须受法律支配，而这意味着政府除了防阻强制之外，不得使用它的强制权力。四、立宪政治，关键是立法权与行政权真正分离，以保证法律的制定不受行政干预和监督政府对法律的遵守。

通过以上所述，我们可以看到，西方思想中的若干重要传统，包括人道主义、个人主义、自由主义，都是从尊重人的价值的立场出发，围绕着保证个人自由和个人价值之实现这个目的而形成的，彼此有着十分紧密的联系。

二、理性：头脑的认真

人文精神之尊重人的价值，不只是把人当作一种生命存在，更是把人当作一种精神存在。关心精神生活，尊重精神价值，是人文精神更深刻的方面。从人文精神的立场看，人的肉体生存的权利必须得到保障，物质生活有其不应贬低的价值，在此前提下，精神生活又具有独立于物质生活甚至比物质生活更高的价值，不可用功利标准来衡量。精神生活是人的高级天性的实现，人之为人的价值之所在，人真正高于动物之处。动物有肉体生活，有某种程度的社会生活，但肯定没有精神生活。精神禀赋是人的最可贵禀赋，它的自由发展本身即有价值，而且是最高的价值。人与人之间最重要的区别也在此，而不在物质上的贫富、社会方面的境遇，是内在的精神素质把人分出了伟大和渺小、优秀和平庸。对一切精神伟人来说，精神的独立价值和神圣价值是不言而喻的，是无法证明也不需证明的公理。

精神生活可相对区分为智力生活和心灵生活。前者面向世界，探寻世界的奥秘，体现了人的理性；后者面向人生，探寻人生的意义，体现了人的超越性。

大多数哲学家认为，理性是人区别于动物的本质特征。为了解说方便，我把理性（智力生活）归纳为以下三个要素：

第一，好奇心。好奇心是智力生活的开端和最基本要素。爱因斯坦称之为"神圣的好奇心"。为什么好奇心是"神圣"的呢？也许是因为，好奇心是人区别于动物的一个特征，动物只注意与生存有关的事情，人超出生存而对世界万物感兴趣；它甚至使人接近于神，受好奇心驱使，人仿佛想知道创世的秘密，在自己的头脑中把世界重新创造一遍。无论在人类，还是在个人，好奇心都是理性能力觉醒的征兆。柏拉图和亚里士多德说，哲学开始于惊疑。其实，科学也是这样，好奇心是科学探索的原动力。惊奇是一种伟大的能力，表明一个人意识到了未知原因的存在，并且渴望把它找出来。爱因斯坦谈到，他五岁时看见指南针在未被触动的情形下转动，便感到异常惊奇，意识到在事物中藏着某种秘密。这给他留下了极深的印象，很可能是他日后走上科学研究之路的最初动因。然而，"神圣的好奇心"有许多敌人，主要敌人有二。一是习惯，所谓见怪不怪，习以为常了。孩子往往都有强烈的好奇心，一般规律是随着年龄增长，好奇心递减。在一定意义上，科学家是那种不受这个规律支配、始终保持着好奇心的人。二是功利心，凡事都问有没有用，没有用就不再感兴趣。如果说好奇心是神圣的，那么，功利心恰恰是最世俗的，它是好奇心的死敌，在它的支配下，科学探索的原动力必定枯竭，眼光必定被限制在一个狭小的范围内。当今教育的最大弊病是受功利原则支配，其中也包括家庭教育，急功近利的心态极其普遍，以马上能在市场上卖个好价钱为教育和受教育的唯一目标。所以，我把现在的教育看作好奇心的最大敌人。爱因斯坦早已发出惊叹：现代教育没有把好奇心完全扼杀掉，这简直是一个奇迹。现在的所谓素质教育往往也只是着眼于增加课外知识，扩大灌输范围，仍以有用和功利为准则，而不是鼓励和保护好奇心。依我看，要真正改变应试教育，就必须废除高考，把竞争和淘汰推迟到大学阶段，在大学里也着重考查独立研究的能力而非书本知识。

第二，头脑的认真。好奇心是对未知之物的强烈兴趣，它理应引向把未知变成已知的认真的求知过程。有的人似乎有广泛的好奇心，但事事不求甚解，浅尝辄止，只能说明他的好奇心仍不够强烈，因而缺乏推动的力量。真正强烈的好奇心必然会推动人去探根究底。

人的精力有限，不可能对自己感兴趣的所有问题都做系统的探究。因此，好奇心可以广泛，智力兴趣必须定向。许多大科学家、大思想家都在青年时期形成了自己的问题领域和研究方向，那可能是引起他们最大好奇心的问题，或他们发现的以往知识体系中最可疑的环节。头脑的认真归根到底是在知识的根据问题上认真，一种认识是否真理，一定要追问其根据。所谓根据，一是判断是否符合经验事实，二是推理是否合乎逻辑，人的理性能力就体现在运用逻辑对经验材料进行整理。但是，人的理性能力本身是否可靠呢？如果它不可靠，它所确认的根据就成了问题。在西方哲学中，这种担忧一直存在，促使人们由追问知识的根据进而追问人类知识形成方式的根据，对知识形成的各个环节做仔细审查。因此，知识论成为哲学中的一个重要领域，近代以来更成了主题。其中贯穿着一种努力，便是想把人类知识建立在完全可靠的基础上，否则就放心不下。相比之下，中国哲学一向不重视知识论，知识论是最薄弱的环节。相对而言，宋、明算是最重视的，但也偏于知行关系问题，所讨论的知识主要指道德认识，即所谓"德性之知"。在中国哲学史上，从总体上怀疑知识之可靠性的只有庄子（"夫知有所待而后当，其所待者特未定也。"），但基本上没有后继者。苏格拉底所主张的"知识即德行"是西方哲学家的普遍信念，中国哲学家正相反，信奉的是"德行即知识"。由于把知识本身看作目的性价值，因此，西方多具有纯粹的思想兴趣、学术兴趣、科学研究兴趣的人，在从事研究时只以真知为目的而不问效用。正是在这样的精神氛围中，最容易产生大思想家、大学者、大科学家。中国则缺少这样的氛围，所以不容易出大师。

第三，从思想上把握完整的世界图画的渴望。好奇心和头脑的认真面对整个世界，就会追问整个世界存在的根据，因而必然把人引向哲学的沉思或宗教的体悟。爱因斯坦把这种渴望称作宇宙宗教感情，并认为它是科学研究的最高动机。到了这一步，头脑与灵魂便相通了，科学与哲学、艺术、宗教便相通了。事实上，大科学家都不满足于纯粹经验研究，他们都是怀着揭示宇宙最高秘密的心愿度过实验室里的日日夜夜的。

以上所述可统称为广义的科学精神，其实质是对非功利性的纯粹智力生活的热爱。这是人文精神的一个重要方面。

三、超越性：灵魂的认真

超越性指人对超出生存以上的意义之寻求。与理性相比，超越性更是人所特有的本质。动物有某种为生存服务的认识能力（低级理性），但绝不可能有超越的追求，不可能有哲学、宗教、艺术。理性的产生也许可以用进化论解释，但进化论肯定解释不了灵魂即对意义的追求之来源。

和理性的解说相对应，我把超越性（心灵生活）也归纳为三个要素：

第一，对自己人生的责任心。这是心灵生活的开端和最基本要素，它根源于对生命的爱。因为这爱，不愿生命流逝，便会珍惜自己的生命体验和感受，发展出丰富的内心生活。也因为这爱，不愿生命虚度，便要寻求生命的意义，对人生进行思考。每个人在世上只有活一次的机会,没有任何人能够代替你重新活一次;如果虚度了,也没有任何人能真正安慰你。如果你清醒地意识到了这些, 对自己的人生怎么会不产生出最严重的责任心呢? 我把对自己人生的责任心看作人生在世最根本的责任心,因为其他的责任可以分担或转让,唯有这不能, 必须完全靠自己承担。然而, 具备这种责任心极不容易,因为人们往往受习俗和时尚支配。约翰·穆勒指出: 在仅关自己的事情上,人们从不问什么合于我的性格和气质, 或者什么能让我身上最好和最崇高的东西得到发挥的机会。所问的是什么合于我的地位,别人通常是怎么做的。他们还不是在合乎习俗与合乎自己意向两种情形相比之下, 舍后者而取前者, 他们根本是除了趋向合乎习俗的事情外便别无任何意向。由于他们不许依循其本性,结果就没有本性可以依循了。尼采也指出:人们躲藏在习俗和舆论背后, 随大流地思考和行动, 而不是快快乐乐地做自己。之所以如此, 是因为怯懦, 怕邻人指责, 更是因为懒惰, 怕真诚可能加重他们的负担。事实上, 对自己的人生负责的确是沉重的责任, 最需要毅力和勇气,而跟随习俗和时尚最轻松, 但前者的收获是拥有自己的灵魂, 后者的代价是失去灵魂, 究竟哪一种生活更值得一过, 应该是清楚的。

第二, 灵魂的认真, 即在人生的根据问题上认真。对自己的人生负责, 必然会引向对人生意义、根据、价值的追问, 要自己来为自己寻求一种人生信仰, 自己来确定在世间安身立命的原则和方式。从总体上看, 我们中国人也比较缺乏灵魂的认真, 缺乏超越性的追求,中国文化传统中缺少形而上学哲学和本土宗教便是明证。我们的人生哲学注重的是道德, 是妥善处理人际关系的准则, 而往往回避对人生进行追根究底的探究。在一定意义上，孔子和苏格拉底分别是中西哲学传统的始祖，他们两人都重视人生哲学。但是，他们的嫡传弟子便显出了显著差别，孟子走向了更典型的道德论，柏拉图却走向了本体论。这种分殊肯定已发端于他们的老师，在这方面做一比较研究一定很有意思。

第三，在精神上与某种宇宙精神本质建立联系的渴望。认真追问生命的意义，不可避免地会面临死亡与不朽、世俗与神圣之类根本性问题，会要求以某种方式超越有限的肉体生命而达于更高的精神存在，渴望与之建立某种联系。这就是信仰的本来含义。

以上所述可视为广义的宗教精神，其实质是对个人内在的心灵生活的无比关注，将其看得比外在生活更重要。这是人文精神的另一个重要方面。一个人是否具有这种广义的宗教精神，与他是否宗教徒或属于什么教派完全无关。

总之，在我看来，人文精神的基本含义就是：尊重人的价值，尊重精神的价值。对个人来说，就是要有自己的人格，有真正属于自己的头脑和灵魂，在对世界的看法和对人生的态度上自己做主，认真负责。对社会来说，就是要为此创造一个相宜的环境。

最后，我想特别对青年人说几句话，谈一谈拥有心智生活的问题。心智生活就是我前面所说的心灵生活（头脑、理性）和智力生活（灵魂、超越性）的合称，也就是通常所说的精神生活。心智生活的特点是内在性和非功利性。它是一种内在生活，而不像肉体（物质）生活、社会生活那样是外在生活。它是没有功利目的的，心智的运用、真理的探究本身就是目的，并且能够从中获得最大快乐。

对一个正常人来说，内在生活和外在生活当然都是需要的。只有外在生活，生活的全部内容是谋生（挣钱＋消费）和交际，这样的人是十足的庸人。只有内在生活的人极少，往往是某一类天才，同时往往也是世人眼中的或真正病理意义上的疯子，例如荷尔德林、尼采。有两者皆优的天才，如歌德、拿破仑。真正的伟人必有伟大的心智（内在生活），心智不伟大者不可能有伟大的事功（外在生活），但心智伟大者未必有伟大的成功。

是否拥有心智生活，与职业无关。并非只有科学家、学者才能过智力生活，只有诗人、哲学家、宗教家才能过心灵生活。事实上，大学和研究机关里许多人并无真正意义上的精神生活，只是在做死学问，或谋生谋利。职业化的弊病是：精神活动往往蜕变为功利活动；行业规矩束缚了真才之人的自由发展。所以，历史上有许多伟大的精神探索者有意从事一种普通职业，而只在业余时间从事精神探索。

我们时代的特点是，人们普遍沉沦于功利性的外在生活，很少有人真正过内在的心智生活。在这种情况下，我希望青年人保持清醒，认识到心智生活在人生中的重要价值。心智生活能使人获得一种内在的自由和充实。一个人唯有用自己的头脑去思考，用自己的灵魂去追求，在对世界的看法和对人生的态度上自己做主，才是真正做了自己的主人。同时，如果他有丰富的内心世界，便在自己身上有了人生快乐的最大源泉。心智生活还能使人获得一种内在的自信和宁静，仿佛有了另一个更高的自我，能与自己的外在遭遇保持一个距离，不完全受其支配，并能与外部世界建立恰当的关系，不会沉沦其中，也不会去凑热闹。这就是所谓定力。现在学界有一些人，自以为是指导时代的风云人物，但没有内在的心智生活，因而就没有一贯的学术志趣和精神立场。自己没有灵魂的人，怎么能充当拯救别人灵魂的导师呢？

人们常常叹息，中国为何产生不了大哲学家、大诗人、大作曲家、大科学家等等。据我看，原因很可能在于我们的文化传统的实用品格，对纯粹的精神性事业不重视、不支持。一切伟大的精神创造的前提是把精神价值本身看得至高无上。在我们的氛围中，这样的创造者不易产生，即使产生了也是孤单的，很容易夭折。现在的开放是一个契机，我希望我们不要只看到经济上的挑战，更深刻长远的挑战是在文化上。中国要真正成为有世界影响的文化大国，就必须改变文化的实用品格。我恳切地希望，现在的青年人能为此做出贡献。一个民族拥有一批以纯粹精神创造为乐的人，并且以拥有这样一批人为荣，在这样的民族中最有希望产生世界级的文化伟人。

人身上最宝贵的三样东西

我讲的题目是人文精神。为什么要讲这个问题呢？你们知道，中国正在搞现代化，实际上这个现代化的进程在清末民初就开始了。那个时候，我们的前辈对现代化问题的认识经历了三个阶段。一开始，当时的官员和知识分子都认为，中国落后就落后在经济和军事实力太弱，所以现代化就是要引进西方先进的技术和武器装备，就是所谓坚船利炮。接着发现，其实问题出在我们的制度上，所以一定要改变制度，于是大搞君主立宪之类。最后，在甲午战败后，大家如梦初醒，强大的舰队也建立了，君主立宪也在搞了，还是败在小日本手里，真正的问题出在我们的国民素质上。国民素质这么差，如果不提高，武器再先进也照样挨打，制度怎么变也是换汤不换药。从此以后，许多人就开始对这个问题进行反省。那么，关于我们的国民素质，当时中国一个很重要的思想家，最早系统引进西方哲学的一个人，就是严复，他指出了中国国民素质有三大弱点。哪三个弱点呢？一个是民力，国民的体力、生命力太差，实际上就是生命素质太差。第二个是民智，国民的智力太差，智力素质太差。第三个是民德，国民的道德素质太差。回过头去看，我觉得严复是说得很准的。看看现在的情况，他指出的这三个问题仍然存在，而且还非常严重。现在我们搞市场经济，官员腐败、诚信缺失这些现象使大家很愤慨，有些人甚至因此对中国现代化的前景失去信心，其实这些现象都证明了我们的国民素质仍然太差。我觉得，国民素质差就差在缺乏人文精神，所以可以说人文精神要解决的正是国民素质的问题。

当然，我这样来看人文精神只是一个角度，前些年"人文精神"这个词挺时髦，人们谈得很多，用它来表达很不同的意思，我说的只是一家之言。我理解的人文精神其实很简单，就是我们现在经常讲的一句话——以人为本，也就是要尊重人的价值，做什么事情都要把人摆在最重要的位置上。那么，在我看来，人文精神应该有一个核心概念，这个概念就是人的尊严。人的尊严这个概念我们现在很少提了，其实讲人文精神最应该强调的就是人的尊严。用我们的日常语言来说，就是要把人当人来看待和对待，一方面要把自己当人，尊重自己，活得有尊严；另一方面要把别人当人，尊重别人，不可损害别人的尊严。

那么怎么才算是尊重人的价值呢？人身上的什么东西是最值得尊重的呢？我认为人身上有三样东西是最宝贵的、最有价值的、最应该得到尊重的。哪三样呢？就是生命、头脑和灵魂。所以，展开来说，人文精神就表现为三个尊重，就是尊重生命的价值、尊重头脑的价值、尊重灵魂的价值。你们可以看出，这三个方面与严复说的民力、民智、民德是一致的。我们也可以换一个说法，尊重生命是人道主义精神，尊重头脑是科学精神，尊重灵魂是广义的宗教精神，人文精神展开来实际上是这三种精神。

首先是尊重生命的价值。我想这个道理是很简单的，因为对每一个人来说，生命是最基本的价值，是其他所有价值的一个前提和基础。没有了生命，别的一切价值从何谈起？你对一个人的生命不尊重，可以随意剥夺，你还说什么尊重他作为人的价值？所以，尊重人的价值第一条就是要尊重生命的价值，人的尊严第一条就是生命的尊严。可是，这个道理虽然很简单，我们在这方面的现状却不容乐观。你们翻开报纸就可以看到，每天有许多人死于非命，包括医疗事故、交通事故、煤矿安全事故、假药和伪劣食品事件，也包括凶杀和自杀，真让人感到中国人的命是很不值钱的。我觉得这种情况应该引起高度重视了，一个社会最起码的要求是要让人们有基本的安全感。现在富人和高官们纷纷把子女送出国，肯定也有安全方面的考虑。但是，能够跑出去的毕竟是极少数人，而且这也是不负责任的，负责任的态度是想办法改变现状。怎么改变呢？这个说起来话就长了，我只提示一点，就是要建设一个法治社会。实际上，法治社会的根本出发点就是保护人的生命权利，为此要建立起一种秩序，在这种秩序中，每个人都可以自由地行使他的生命权利，去追求他的利益和幸福，同时又不得侵犯别人的生命权利，不得损害别人的利益和幸福，如果侵犯和损害了，他就一定会受到惩罚。我个人认为，我们现在离这个标准还很远。什么时候我们在这个社会里普遍有安全感了，就可以说法治社会基本建成了。

除了生命之外，人身上另外两样最宝贵的东西是头脑和灵魂。人是有头脑的、能够进行理性思考的，人又是有灵魂的，也就是有精神追求的，这两样东西都是人的精神属性，或者说是人的高级属性。正是因为有这两样东西，人才成为区别于动物的精神性存在，所以它们是人之为人的价值之所在。关于这一点，中西哲学家是有相当一致的看法的，都认为人与动物的根本区别是精神，包括头脑和灵魂。在中国哲学家中，我可以举出孟子和荀子。孟子说，人性中有四端，也就是四种精神性品质的萌芽。第一个是"仁"，就是"恻隐之心"，实际上就是同情心；第二个是"义"，就是"羞恶之心"，实际上是指道德情感；第三个是"礼"，又叫"恭敬之心"，就是懂礼貌、守秩序；第四个是"智"，又叫"是非之心"，实际上就是理性。那么，在这里面，"智"就是头脑，"仁"和"义"可以看作灵魂，"礼"是一个社会性的东西，我觉得归入精神性品质有些勉强。孟子强调说，这些品质才使人和禽兽有了区别，而"人之所以异于禽兽者几希"，就是说，这些品质虽然是人天生就有的，但非常微弱，必须在后天"扩而充之"，加以发展。荀子的说法是："水火有气而无生，草木有生而无知，禽兽有知而无义，人有气有生有知亦且有义，故最为天下贵也。"他说的"知"是指知觉，还不是理性或头脑；"义"是道德，可以认为是指灵魂。在他看来，人和动物的区别就在于灵魂。在西方哲学家中，许多人都认为人是理性动物，也就是把头脑看作人与动物的根本区别。叔本华则说，人是形而上学动物，他把灵魂或者说人的形而上学追求、人的超越性看作人与动物的根本区别。康德说过一句名言，他说世上最让人敬畏的两样东西，一个是头上的星空，一个是心中的道德律。我们可以说，头脑和灵魂正是对应于这两样东西的，人的头脑因为能够思考星空所以伟大，人的灵魂因为有道德律所以伟大。总之，头脑和灵魂是人身上最伟大的两样东西。所以，尊重人的价值的更重要方面是尊重人作为精神性存在的价值，尊重头脑和灵魂的价值。

从尊重头脑的价值来说，我在这里只想强调一点，就是我们绝不可仅仅从实用的角度去看头脑的价值，把头脑的价值归结为功利性价值。当然，人有理性思维的能力，可以运用这个能力去认识外部环境，改变外部环境，为自己的生存创造更好的物质条件，这也是头脑的一个价值。但是，这个价值还是比较低级的、比较初步的，不是头脑的最大价值。如果头脑只有这一个价值，只是人的生存的工具，其实人离动物还不算远。我刚才说了，头脑是人的一个高级属性，人因为有头脑，有理性思维，就对世界万物有好奇心，要探究世界的秘密，要用自己的头脑来寻求答案。人在这样做的时候，会感到极大的愉快，这种愉快是任何物质性的收获不能比的，这一点在那些伟大的哲学家、科学家身上表现得最明显。事实上，我们每个人也应该这样，要能够从智力的运用、好奇心的满足中获得高层次的快乐。心智的运用本身是人的高级属性的满足，本身就具有价值，为什么一定要用低级属性的满足即所谓有用来衡量呢？所以，我认为，就个人来说，你尊重头脑的价值，就是要用它，要让它享受思考的快乐。一个人的头脑对世界保持活泼的好奇心，并且坚持独立思考，这样的人就拥有了一种内在的自由。从社会来说，尊重头脑的价值就是要鼓励人们独立思考，保护思想和言论的自由，也就是提供一种外在的自由。

最后说一说尊重灵魂的价值。我认为，灵魂是人的精神属性的更高层次，是人与动物的更高区别。我说的灵魂，实际上是指精神追求，就是人不但要活，而且要活得有意义，而这种对超出生存意义的寻求和体验就构成了人的灵魂生活。可能在不同的人那里，灵魂生活所占据的位置很不相同。如果你对人生意义的问题非常认真，灵魂生活在你那里的地位就很重要，对意义问题越认真就越重要。当然，总有一些人很不认真，无所谓，那么，他们基本上是没有灵魂生活的。所以，由一个人对意义是否认真，基本上可以鉴别出他有没有灵魂生活，甚至不妨说有没有灵魂。不过，我相信实际上每一个人都是有灵魂的，缺乏灵魂生活的人也是有灵魂的，正因为如此，他有时候会感到空虚。假如他的物质生活已经很奢侈了，肉体已经很满足了，那么是什么在感到空虚呢？当然是他的灵魂，空虚就是模糊地感觉到了自己在精神上的匮乏。当然，这样的人对自己的灵魂还是太不尊重，不肯花力气把它充实起来，让它得到满足。还有些人的灵魂处于更糟糕的状态，不但是空虚，而且是卑鄙，什么坏事都敢做，完全没有做人的道德底线。所以，怎么才是尊重自己灵魂的价值，我提两条标准。一个是丰富，灵魂应该是丰富的，要有充实的内在生活，要具备从精神事物中获得人生最大快乐的能力。另一个是高贵，灵魂又应该是高贵的，要意识到并且在行为中体现出做人的尊严，要有做人的原则。我相信，灵魂的丰富是幸福的源泉，灵魂的高贵是道德的基础，一个人有丰富而高贵的灵魂，就能够活得幸福而有尊严，也就是真正像人那样活着。

总结一下，我所理解的人文精神，对个人来说，就是要活得真正像人，把自己身上那些最宝贵的价值实现出来，拥有健康、善良的生命，活泼、自由的头脑，丰富、高贵的灵魂。对于社会来说，就是要把人真正当人，尊重和保护全体成员的生命的权利、思想的权利和信仰的权利，为人们实现自己身上那些最宝贵的价值提供一个良好的环境。

人文精神和医生的人文素质

　　我想通过这个题目来谈一谈我对人文精神的理解，联系一下实际谈一谈医生的人文素质问题。但联系实际的这一部分我是很不自信的，因为我的观察、我的体验都很有限，而且往往是从病人的角度看，这个角度有它的片面性，我希望你们给我纠正。

　　什么是人文精神？它的含义是以人为中心，以人为根本，以人为最高价值。我们的执政党现在经常说"以人为本"，我想也是这个意思。简单地说，人文精神就是要尊重人的价值，要把人当人来尊重。人身上有三种东西是最宝贵的，是人的价值的体现。第一个是生命，第二个是头脑，第三个就是灵魂。具体展开来说，尊重人的价值就体现为对生命的尊重、对头脑的尊重、对灵魂的尊重。

　　我自己认为，人文精神和医学、医生的关系是非常密切的。从人身上最宝贵的三个东西来说，与生命关系最密切的是医学，与头脑、灵魂关系最密切的是教育。但是，你们看，现在老百姓最痛恨的腐败是什么？当然也痛恨政府官员腐败，但是最痛恨的还是医疗腐败和教育腐败，因为这两个领域直接关系到老百姓的生命权和发展权。医疗的对象是生命，教育的对象是头脑和灵魂，这两个领域都是直接和人身上最宝贵的东西打交道的，本来是最需要有人文精神的。可是，今天我们看到的事实是，最需要有人文精神的这两个领域，在中国恰恰是最缺乏人文精神的，这实在令人痛心。所以，医院和学校请我讲人文精神，我就特别愿意，我觉得真应该向医疗和教育工作者大声疾呼，当然光大声疾呼还不行，我们还必须遵循人文精神来改变现在的医疗体制和教育体制。

下面我想分两个部分来谈，第一个部分就谈一谈人文精神和医生素质的关系，第二个部分立足于人文精神来分析一下现在医学和医疗界存在的问题。

第一部分　人文精神和医生的人文素质

一、对生命的尊重：医生要有善良的品质

生命是珍贵的，这个道理似乎谁都懂。一个简单的事实是，每个人只有一条命，死了就不能复活，我相信医生比任何人都清楚这个事实，对这个事实比谁都见得多。因此，一个理所当然的结论是，我们应当珍惜生命，关爱生命。

但是，就我们国家的现状来说，普遍存在的是对生命的冷漠乃

至冷酷。我是很少看报纸的，随便翻一翻，残害生命的事件比比皆是，很触目惊心。尤其是和生命有密切关系的领域，比如说我们的医疗，有很多病人的生命本来是可以挽救的，完全因为玩忽职守，耽误治疗时机，或者干脆因为病人没有交够钱就拒绝治疗，病人就死了。还有假药、假医疗器械，到下面的医院就非常多，再比如说前一段时间河南因为非法卖血造成艾滋病流行，还有伪劣食品、接连不断的矿难，等等。

我的一个强烈感觉是，现在我们这个社会太缺乏善良了，太缺乏同情心了。东西方的哲学家都认为，同情心是人性中固有的，它是人类社会全部道德的开端和基础。一个人如果没有同情心，孟子就说他非人也。一个社会如果普遍没有同情心，这个社会也就不是人待的地方，完全不适合人在里面生活。造成今天这种情况的原因很复杂，最重要的是体制，不良体制把市场搞乱了，结果腐败滋生，老百姓遭殃。

面对医生，我想强调的是你们一定要清醒，不要被这个环境败坏，然后又去进一步败坏这个环境。医生的工作是以生命为对象的，与生命的关系最为紧密，因此，如果要谈医生的人文素质，第一个人文素质就是要对生命有同情心，要善良，善良是医生第一要具备的品质，是医生最基本的品质。我认为一个医生不管他信仰什么，首先都应该信仰生命，尊重生命，也就是说，应该是一个人道主义者。你可以是一个佛教徒，对生命怀有一种慈悲心；你也可以是一个基督徒，对生命怀有敬畏之心；如果你都不是，那么你至少应该是一个人道主义者，以博爱之心去善待生命。这几种态度只是形式不同，共同的实质是对生命的尊重。一个不是人道主义者的医生，一个没有基本的善良品质的医生，不管他的医术多么高明，都不是一个够格的医生。

当然，我知道，作为一个医生，目睹了太多的病痛，太多的生命的残缺、生命的痛苦、生命的阴暗面，如果他多愁善感的话，那他是受不了的。一个有强烈同情心的医生，他会承受很大的痛苦。所以，做一个医生，神经必须很坚强，但是我想说，你的神经应该坚强，可是你的心肠万万不能变硬。最近我看了台湾一个医生写的一本书叫《实习医师手记》，里面有一段话说得非常好。他说，在医生面前，病人是完全不设防的，完全顺从地交出自己，暴露自己，当时我就想，谁有权如此坦然地审视自己一个同类的痛苦呢？我没有这样的权利，却被赋予了这样的权利，这是我的劫难。那么，我的选择是，我为生命有这么多痛苦和不幸感到悲悯和愤懑。就是说，虽然保持同情心会非常痛苦，但他仍然保持这种对生命的敏感性，宁愿为此承受痛苦。医生经常接触生命的阴暗面，时间久了的确是容易麻木的，但是我相信一个好医生不会让自己麻木。一个医生对生命的态度直接关系到病人的命运，对病人来说，他的生命掌握在医生手里，尤其是当他的生命遭到威胁的时候，他来找医生，他最后生命的结果是什么样，他完全是听医生来处置的。可能对医生来说，这不过是他处理过的无数个生命之一、他要治疗和面对的无数个生命之一，对病人本身来说，它却是唯一的，是他的百分之百。如果发生了错误的治疗，或者延误了治疗的时机，使得本来可以挽救的生命未能挽救，这对医生来说也许只是他的医疗生涯中的一个小事故，对病人来说却是万劫不复，是全部生涯的彻底结束。所以，我希望医生在面对病人的时候，多少还能保持一点设身处地的心情，完全设身处地当然不可能，但多少要有一点，情况就会很不同。

　　其实我是很少去医院的，我可以讲讲自己的一个经历。我写过一本书叫《妞妞——一个父亲的札记》，是写我死去的第一个女儿的，她一岁半的时候死于视网膜母细胞瘤，我不能断定这个病是医院造成的，但是肯定是有关系的。妞妞的母亲怀孕五个月的时候，有一天夜里，发高烧到40度，我把她送到她的合同医院。当时只能看急诊，在挂号后，那个内科的医生不在，护士就让我们到喉科去，说你先排除会厌炎。我们就又挂了耳鼻喉科的号，去看后没有会厌炎，又回到了内科。原先接待我们的那个护士换班了，刚才我们一直在等的那个医生回来了，是一个中年女医生。我带着我的妻子向她介绍了一下情况，她一看说，你们是耳鼻喉科的病人，不是我这边的病人，我不管。我给她看内科挂号单，说明我们还没有看，她说我不管，你这病已经看过了，你别来找我了。她说不是已经诊断了，是咽喉炎，我说咽喉炎是耳鼻喉科的诊断，你从内科的角度给她看一下。她说诊断完了我不管了，然后她就再也不理我们了，无论跟她怎么说，告诉她我的妻子是个孕妇，她都不理。这时候我的妻子脸涨得通红，不停地咳脓痰，流眼泪，她看都不看一眼，若无其事地给别的病人看病。当时我就不知道该怎么办了，我也流眼泪了，只好带着我的妻子走了，临走时我说了一句话："你不是人。"我心里想，这也是一个会怀孕的女人吗？对一个重病的孕妇，她竟然抱这样一种冷酷的态度。回家以后，妻子的体温上升到40.8度，赶紧送另一家医院，也是处理不当，长时间透视，还拍了两次X光片。后来我看书知道了，而且一些普通小医院的黑板报上也写着，孕妇不能照辐射，辐射的可能后果之一就是视网膜母细胞瘤。妞妞去世后，和这个悲剧有关，我们的家庭破裂了。

后来在我再结婚后，又遇到了一个很类似的情况。我现在的妻子也是在怀孕五个月时候发高烧，也是到了40度，当时我就很慌了，赶紧把她送到301医院。医生给她打了青霉素，打完后烧有点退了，我就把她带回家了。回家后体温又上升到40度，我就把她送到离住处最近的一家医院，是一个年轻的女医生接待的，安排住了院。做青霉素皮试过敏，我说在301打不过敏，可不可以从那边拿药，医生说可以。我就与301的医生联系，那时候也没有手机，只能用内科的电话，打了两次也没有联系上。这时旁边的小护士说话了，说你打电话要记在我们内科的账上的，不能再打了。我当时真不知该说什么好了，就要求转院到301。那个女医生不同意，接着她不知跑哪里去了。在这个医院里待了几个小时，没有任何治疗措施，妻子的体温在继续上升，我心里特别着急。我到医生值班室，四五个年轻的医生坐在那里聊天，我请求她们赶紧给我办出院手续，她们说病人不是她们管的。可是，管我妻子的那个女医生怎么也找不到了。万般无奈之下，只好把妞妞的事情告诉了她们，我警告她们，再出事我肯定找你们算账，她们这一听才着急了，总算同意我们出院。

面对这些医生，我当时的感觉是什么？她们也是受过高等教育的，可是我完全没有办法用我熟悉的语言和她们说话。我熟悉的是什么语言？就是人文语言呀，就是讲人性、讲道德，但她们听不懂。所以我后来在一篇文章里说，我不希望我们的医科大学培养出的是穿白大褂的野蛮人。这类事情真的使我怕进医院，让我感到对医院的恐惧要大于对疾病的恐惧，有了病宁愿熬过去，能不上医院就不上。所以说，医生的人文素质，他对生命的态度，影响真是太大了。当然有许多很好的医生，但不可否认，像这种对病人冷漠、对生命冷漠的医生也不少。

这是我想讲的第一个问题，就是医生的人文素质第一条应该是同情生命，善待生命，应该有基本的善良，我觉得这是医生必须具备的最起码的又是最重要的人文素质。

二、对头脑的尊重：医生要有丰富的心智生活

人文精神第二个方面是对头脑的尊重，对每个人来说，也就是要实现他自己头脑的价值，要用他的头脑，要发展他的头脑固有的能力。头脑有什么能力？就是理性思维的能力，就是智力。人的智力素质最重要因素是什么呢？我认为有两个，一个是好奇心，一个是独立思考的能力。一个有头脑的人，一个智力素质好的人，他一定是对世界始终保持好奇心的，始终有旺盛的求知欲的，始终喜欢用自己的头脑进行独立思考。对这样的人来说，智力的运用本身就是享受，从好奇心的满足中，从知识的获取中，从独立思考中，他能感受到莫大的快乐。这里我想强调一点，就是智力生活本身就具有一种价值，它满足的是人的高级属性，不应该用人的低级属性的满足也就是功利的尺度来衡量它。但是，在现实中，能够始终保持智力活泼和敏锐的人并不多。我们可以看到一个现象，就是许多人在走出学校以后，基本上没有什么智力生活了，不读书，不学习，

不想问题，只是在那里谋生，把全部精力用来追求物质的东西，我觉得这是很可悲的。

那么，从医生的人文素质来说，我觉得这就是一个标准，就是看他能不能保持好奇心和求知欲，保持对知识的热情，保持过智力生活的习惯。我认为优秀的医生应该始终是一个学者、一个科学家，而不仅仅是一个凭着自己的经验去治病的人。他始终是一个研究者，一个研究型的医生，保持着探索事物、探索人体、探索疾病的强烈兴趣。据我观察，任何领域的优秀者都是一个终身学习者，那么在医学领域里尤其应该这样。为什么这么说呢？我看过一本书，是美国医学人文学家刘易斯·托马斯写的，叫《最年轻的科学——一个医学观察者的手记》。就像书名所提示的，他把医学称作最年轻的科学，因为在二十世纪三十年代以前医学是不能治病的，它起到的只是一个安慰作用，直到 1937 年磺胺药发明了以后，医学才真正能够治病了，才成了名副其实的医学。作为最年轻的科学，医学中可以探索的空间太大了，医生在这个领域里工作真是大有可为。所以，我觉得一个医生保持探索的精神是非常重要的。

不过，从人文素质来说，一个医生仅仅读专业书、探索专业问题还是不够的，还应该有宽阔的精神视野、丰富的精神生活。其实，真是要用科学家的标准来衡量的话，局限在某个狭小专业领域里的人不能算科学家，只能算是专家，而用爱因斯坦的话来说，专家不过是训练有素的狗罢了。真正的科学家，比如爱因斯坦，往往是兴趣面很广的人，其实任何领域里有大作为的人都是这样。在我看来，这是很自然的，如果你是一个好奇心活跃的人、一个以思考本身为乐趣的人，你当然不会只对专业感兴趣。尤其是医生，你是和人打交道的，你自己必须首先是一个人性丰满的人，才能够对人性和人的心理有真切的了解。

那么，从这个角度来看，我就很赞成前几年陈可冀院士提出的一个想法，就是应该在医生里面提倡非职业阅读。就是不要光读专业书，兴趣面和阅读面都要宽一些，要多读一些人文方面的书，包括哲学、文学、历史方面的经典著作，这些东西是真正能够熏陶人的心灵的。我曾经到南极生活过一段时间，有一件事使我感触很深。在那个地方，有好几个国家都建立了自己的考察站，每个站里都有自己的医生。俄罗斯考察站离我们的长城站不远，我们去他们站参观，见到他们的医生，他的房间里摆满了书，医学书有一小部分，大部分是文学书。他正在读雷马克的《西线无战事》，谈起雷马克，他竟然热泪盈眶。看到这种情形，你会感觉到，你面对的不是一个技术人员，而是一个真正的知识分子。我们站里也有医生，大部分空闲时间干什么呢？无非是聊天、打牌。这个对比真是令人感慨，这就叫作素质不同啊。

另外，我觉得医生有一个特别好的条件，就是观察人，研究人性。病人不仅仅是病人，病人首先是人，他有灵魂，有自己的生活。人在生病的时候特别容易表现出人性的各个方面，包括弱点和优点，每个人都不一样，这里面有非常丰富的关于人性的材料。如果你对观察人有兴趣，你真是有得天独厚的条件。你还可以写作，事实上有很多大文学家是从医生的职业转过来的，像我国的鲁迅、郭沫若，俄国的契诃夫，原来都是医生。当然，你不一定要当作家，但是不妨也养成写作的习惯，美国很多医生都有这个习惯，不是医学写作，完全是人文写作，把自己在行医生涯中的观察、思考、体验写成书出版。

总之，我认为医生应该有丰富的心智生活和精神世界，应该是精神富有的人，这是医生应该具备的人文素质的第二个方面。

三、对灵魂的尊重：医生要有高贵的灵魂

人的精神属性，除了头脑之外还有灵魂，我觉得灵魂与头脑是有区别的。头脑是一种思考能力，追求的是知识；灵魂则是一种精神的渴望，追求的是意义，人要活得有意义，有品位，有尊严。在一定意义上可以说，生命是人身上的动物性，头脑是人身上的人性，而灵魂是人身上的神性，也就是超越性。因为人身上有这种神性的因素，有对生命的神圣意义的追求，所以人是高贵的。我们现在对高贵这个概念已经很陌生了，大家都把金钱和财富看得最重要，没有人去理会高贵不高贵，可是在古希腊、古罗马，高贵曾经是最重要的人生价值。人是因为有灵魂而高贵，灵魂本来就应该是高贵的。所谓高贵，就是说在生活中、在你的行为中，你能够意识到和体现出你身上的神性，意识到和体现出做人的尊严。

那么，从这个角度来说，我觉得医生的人文素质的第三点，就是要有高贵的灵魂。一个优秀的医生不光是一个人道主义者、一个科学家，而且应该是一个知识分子。我说的知识分子并不是仅仅从事某种知识性的工作，知识分子首先应该是一个精神上富有、高贵的人，可以说就是精神贵族。我们以前批判精神贵族，其实精神贵

族有什么不好？精神贱民才不好呢，人在精神上应该富有、高贵，做精神富豪、精神贵族，真正可悲可恨的是物质很富有，社会地位很荣耀，精神却十分贫乏低贱。现在人们讨论知识分子的概念，特别强调他的社会责任感，知识分子当然要有社会责任感，但是社会责任感的动力和基础是什么？应该是内在的精神追求，是严肃的灵魂生活。一个没有精神追求、没有灵魂生活的人，他去关注社会往往是从功利出发的，他不可能有真正的责任感。所以，我觉得灵魂的高贵是更根本的，一个有高贵灵魂的人，他才可能有真正的道德感和责任感，才称得上是知识分子。

我们说尊重人的价值就是要把人当人来对待，既把自己当人来对待，也把别人当人来对待。听起来这好像很平常，其实才不容易做到呢，真正做到的人很少，只有心灵高贵的人才能真正做到这一点。比如医生对病人的态度，真正以一种人文态度对待病人，把病人当人，这并不容易，但从这里面就可以见出一个医生的灵魂品质。实际上所有精神高贵的人有一个共同特点就是待人平等，越是精神高贵的人，他待人越平等，他知道做人的尊严，他自己有做人的尊严，同时他也会将心比心，尊重别人的做人的尊严。凡自尊者必定尊重他人，不尊重他人的人必定没有自尊，因为他根本不知人的尊严为何物。其实，当一个人不把别人当人的时候，他也就已经是在不把自己当人了，他已经暴露自己没有人的尊严和品质了。

把病人当人来对待，这在我们现在的医院是一个特别应该强调的问题。本来这是一个简单的道理，就是病人不是病，而是人，是有自己的情感体验和尊严的活生生的个体。尤其在一个人生病的时候，往往是他最脆弱的时候，是他的尊严感最敏感也最容易受伤的时候。他进医院的时候其实是很自卑的，带着一种受判决的心情，有种种顾虑和担忧，在这种情况下，医生的态度就会对他产生巨大的影响。当然，医生自己往往意识不到，毕竟每天看的病人太多了，但是我还是想提醒这一点，就是你要记住，病人对医生如何对待他是有非常敏锐的感觉的，你尊重他，待他亲切和蔼，他打心底里感激你；你不尊重他，他的屈辱也会在心底里藏许多天。一个人在受病痛折磨的同时，还在医生那里受气，这个时候的心境真会沮丧到极点，真会觉得世界丑恶，人生毫无乐趣。相反，你真正善待他，那就可能不但挽救了他的生命，而且挽救了他对世界和人生的信心。可是，在我们现在的医院里，病人常常感觉到不被当作人对待的屈辱，这是许多人的经验，我希望我们的医生们能够反省这个问题。我本人认为，从整体上看，我们的医生亟须加强人文修养，现在多的是片面技术型的医生、平庸谋生型的医生，少的是人文型的医生。一个医生只有自己具备了人性的尊严，他才会尊重病人的人性的尊严；自己是人性丰满的人，他才会把病人当作一个有血有肉有感情的完整的人对待。

医疗绝对不仅仅是技术，它本质上是精神事业，医生应该是有信仰的人。医生不仅仅是一个职业，如果说是职业的话，它是一个神圣的职业，不只是一个谋生手段。在宗教里面，行医这个行为是神圣的，这无论在基督教还是在佛教里都是如此。佛教中有药师佛，他是如来佛的一个变身，佛同时也是行医的。在《圣经·新约全书》里，耶稣在显示奇迹时，最主要的方式就是行医，治疗麻风病人、濒死的病人、重病人等等，实际上就是通过治病救人来传播福音，坚定人们对上帝的信仰。西方有很多人是为了信仰而行医的，最典型的一个例子就是法国的诺贝尔和平奖获得者史怀泽。这个人我觉得是非常伟大的。他是一个很有才华的人，在三十岁的时候已经是哲学博士、神学博士，在斯特拉斯堡担任神职，同时他又是一个音乐家，研究巴赫的权威。应该说，这时候他已经取得了非凡的成就。但是，他给自己定了一个目标，他说我在三十岁以前要做自己的事情，从三十岁开始我就要为他人做事，要传播上帝的爱，传播基督的爱。但是到底做什么呢？有一天他看到报道说非洲人民非常苦，完全没有医生，他立刻决定去非洲当医生，把行医当作实践信仰的最好方式。他从来没有学过医，从三十岁开始，他用了八年时间攻读医学博士学位，到三十八岁拿到医学博士学位后，他就到现在加蓬共和国的一个小地方办了一个诊所，一辈子在那里看病。他是长寿的，活到了九十岁，在那里行医五十多年，他把行医完全看作一个精神事业，是在拯救生命的同时传播上帝的爱，实际上就是在鼓舞非洲穷苦人民对世界和人生的信心。我想我们的医生倒不一定像他那样信基督教，但一定要有信仰，这个信仰不是某种宗教，而是对自己责任的一种信念，就是要通过行医来解除人们身体上的痛苦，通过行医的人性化方式来增添人们精神上的信心，从而使世界变得更美好。如果这样做，也就是在为信仰而行医了。

第二部分　批评现代医学的非人性化倾向

上面我从人文精神的角度谈了我认为医生应该具备的人文素质，

总的来说是六个字：善良，丰富，高贵。善良，就是对生命有同情心，医生应该是一个人道主义者。丰富，就是有活泼的智力生活和丰富的心灵生活，医生应该是一个学者、科学家。高贵，就是有尊严、有信仰、有社会责任感，医生应该是一个知识分子。下面，我想从人文精神出发谈一谈医疗界的现状。

实际上西方医学人文学对于现代医学是有很多反思的，集中到一点上，就是认为现代医学有一种非人性化倾向。这种倾向主要表现在两个方面。一个是技术化，就是治病不治人，把病人看作病的载体、医疗技术施与的对象，而不是看作人。我刚才提到的刘易斯·托马斯，他在那本书里对这一点也有精辟的阐述。他说从1937年发明磺胺药以后，医疗技术突飞猛进，有了很大的发展，但也造成了一个问题，就是医学的非人性化。他举例说，以前医生给病人看病有两种最常用的办法，一个是触摸，一个是交谈。这两种方式是很人性化的，病人感觉你是把他当成人的，不嫌弃他，关注他的感受，医生和病人之间有一种比较亲切的关系。可是现在呢，只有最好的医生才会这样做，绝大多数医生都不这样做了。我想，他说的"最好的医生"当然不是在技术意义上说的，而是在人格意义上说的，指那些有人文修养、有人情味的医生。那么，在那以后，人性化的医患关系被什么代替了呢？被复杂的机器和技术代替了。现在病人到了医院以后，医生根本不碰你，也不和你谈话，简单问几句，就给你开一堆化验单、检查单什么的，让仪器和机器去诊断。如果住院，情况好不了多少，医患之间也很少有交流，住院病人基本上成了一个号码。

我觉得我们的医院还有一个问题，就是病人与亲情隔离。现在有的医院允许家属陪同了，但多数医院仍执行严格的探视制度，探视时间非常有限，住院跟坐牢差不多。实际上病人很容易感到孤独，是最需要亲情的，何况中国的医院在护理方面相当粗糙，病人还常常需要亲属的照顾。我现在的女儿是在协和医院出生的，早上五点钟生出来后，我在手术室外的走廊上匆匆看到一眼，然后医生就请我走了，不让我进病房。我妻子是剖腹产，麻药过去了很疼的，非常需要有人陪伴和照顾。可是，她不但没有人照顾，她自己还要照顾刚出生的孩子。直到那天下午的规定时间，我才被允许探视，她说那一天她不知道是怎么过来的。我觉得把产妇、孩子与做丈夫、父亲的隔离开来，这样的规矩很不人道。（现在已有了人性化的改变。）

在病人身上只见病不见人，把病人只看作施展技术的对象，不是人文关怀的对象，这是现代医学非人性化的一个方面。那么，针对这个问题，西方医学人文学强调，医学不仅仅是科学，更是人学，医生所面对的不仅仅是病，而是作为整体的一个完整的人。因此，应该确立以患者生活为中心的治疗目标，使病人在生病的时候仍然能够过正常的人的生活，一种健康充实的生活。

现代医学非人性化的另外一个表现是市场化。如果说技术化是治病不治人的话，那么市场化就是认钱不认人，把病人和治病仅仅看作消费的主体、赚钱的机会。医院、制药商、广告商组成利益共同体，诱导医疗消费，制造保健市场，导致医学边界无限扩张，医疗负担加重。与此同时，弱势群体缺乏基本的医疗保障，备受庸医的危害。针对这一点，西方医学人文学强调，医学是公益事业，医疗权是基本人权，应该健全医生责任和病人权利的立法，对于医疗权从法律上给以切实的保障。

在这一点上，我想中国目前的情况极其严重。我们国家以前是医疗特权化，认权不认人，老百姓和有权者的医疗条件简直天差地远，这个问题也许比以前有所好转，现在至少你有钱的话可以买到较好的医疗服务。但是，现在市场化的问题产生了，而且问题是无规则的市场，官商勾结、医商勾结，把市场搞乱，普通百姓的医疗权受到严重侵犯。现在看一个普通的小病往往也很贵，医院给你开很贵的药，使劲扩大你的医疗消费。医院从创收出发，创收成为主要的考虑，病人治病的真实需要不予考虑或者只是很次要的考虑。有的医院完全是认钱不认人，公然见死不救，即使你病得快要死了，本来立即采取措施是能够救活的，但是只要你没有交钱，那么对不起，我不接收，结果就是死亡。这样，弱势群体实际上被排除在了医疗服务之外，根本看不起病，最后他们落到了谁的手下？庸医，伪劣药品，他们只能靠那些。现在中国的老百姓苦啊，苦在两个地方——教育和医疗，尤其是广大贫困农民，对他们来说，家里供一个孩子上大学，这个家基本上就垮了，家里出了个重病人，这个家也基本上就垮了，是这样一个情况。因此，在农村的一般人家，谁要得了重病，为了不拖垮这个家，本人基本上选择不治，除了等死没有别的出路，医疗权作为基本人权被剥夺到了令人发指的地步。

现在在中国，看病难，看病贵，药价虚高，医疗腐败，这些问题已经成为公害，报纸上陆续揭露了不少，触目惊心。为什么会出现这样的情况？我根据资料归纳了一下，原因大概有几点。

最原初的原因是政府投入严重不足，迫使医院走市场化的道路。政府投入不足这个问题很有趣，在中国，一个是教育，一个是医疗卫生，政府的投入在财政预算里面占的比例属于全世界最低之列，同发达国家相比不用说了，同绝大多数发展中国家比，中国在教育和医疗上的投入也都是偏低的，属于后面几名，不禁令人想问一下政府的人文素质。政府投入的不足，开启了这些年学校和医院市场化的闸门。从二十世纪九十年代开始，政府大幅度减少公立医院拨款，据现任卫生部部长（2006 年，高强）说，政府拨款仅占医院总收入的 7%～8%，其余靠医院自筹。那么医院怎么来筹呢？只有从病人身上拿。政府给医院对药品加价 15% 的权力，那么医院给病人开药越多越贵，从药费中得到的收益就越多，于是医院在运作的时候给科室下指标，让科室分成，刺激医生多开药开贵药，这样形成了一个以药养医的格局，最后的负担实际上都落到了老百姓身上。据统计，在 2004 年医疗卫生的总费用中，政府支出占 16%，老百姓占 55%。

另一个很重要的原因是药品审批部门的腐败。杭州一家医院的院长谈到，按正常程序，一、二类新药的审批手续费用是 4.8 万元，批文的评审过程至少要五年，而现在审批一种新药快则一个星期，最多几个月就出来了。费用是多少呢？原先是 4 万多元，现在是几百万到上千万元。2004 年，国家药监局受理了 10009 种新药申请，同年美国同类机构只受理了 148 种。哪里有这么多的新药？而且都审批通过了！无非是老药新包装，换个名称，然后把价格翻许多倍。药物审批部门的腐败十分严重，去年（2005 年）国家药监局医疗器械司和药品注册司的司长都被抓起来了。

再有一个原因是药物流通领域严重腐败。药厂生产了这么多老药翻新的贵药，都要推销出去，同时医院又有创收的需要，于是双方就互相配合。通常的做法是，药厂派出或雇用大量所谓的医药代表，有人统计全国有两百多万人，这些人到医院推销药，手段是层层给回扣。对医院和医生来说，药价越高，加价和回扣就越多，利益就越大，所以贵药反而容易销出。有这样一句话：一个医药代表腐蚀一座医院。有人形容说，从药厂到开处方的医生，形成了一条集体腐败的食物链，当然被吃的是病人，同样效果的药到了病人手上，价格不知翻了多少倍。在这种情况下，农民和大量低收入家庭根本看不起病，又有什么奇怪呢。

医疗和教育都是基本人权，是社会公正的重要方面，而现在这两个领域的情况十分相似，都是政府财政投入过少，都是放手把公益事业推向市场化。目前的所谓市场化，实质上是具有垄断地位的公立医院和学校通过不正当竞争获取高额利润。去年世界卫生组织对医疗卫生筹资和分配的公平性进行排序，在一百九十一个成员国中，中国的排序倒数第四，医疗不公平的问题已经严重到了必须立即解决的地步。主要责任当然在政府，解铃还须系铃人，政府应该采取有力措施，确保医疗体制在整体上回归公益性，同时惩治医疗腐败。但是，不可否认，这些年的医疗市场化过程对于医生的人文素质是一个检验。在同样的体制下，有的人利用体制的弊病大肆牟利，有的人比较能够自律，有少数人挺身而出与腐败做斗争。总的来说，我认为检验的结果并不理想，证明我们的医生的确大有必要提高人文素质。

现场互动

问：在您所有的著作当中，一个清晰的主题是您对生命的珍爱和对生命意义的思考，您又是我国著名的尼采专家，尼采在我们一般人心目当中似乎是一个悲观主义哲学家，对人生有一种悲剧的或悲观的态度，我们对尼采的这种印象是否属于一种误读呢？您能不能给我们素描一下尼采？

答：说尼采是悲观主义者，这可能有一定的误读。尼采的哲学是从叔本华那里发展来的，叔本华是一个地道的悲观主义者，他对生命的意义是完全否定的。尼采提倡一种悲剧哲学。悲剧哲学和悲观主义哲学是有区别的，虽然出发点也是生命的无意义，就是大自然本身没有给生命提供一个意义，但强调的是靠人的强大生命力来战胜生命的无意义，给本无意义的世界和人生创造一种意义。我觉得尼采的取向与我今天讲的是基本一致的，他最重视两个东西，一个是健康的生命本能，另一个是高贵的精神追求，而高贵的精神追求根源于健康的生命本能。尼采反对同情，认为这是弱者的道德，在这一点上他有些偏激，我同意他对自强的强调，不过我认为自强并不妨碍对他人生命的同情。

问：尼采的悲观主要表现是什么？

答：从尼采认为世界和生命本无意义这一点来说，他是悲观的。从他认为人应该且能够为生命创造意义这一点来说，他又是积极的。不妨说，他的悲剧世界观是一种积极的悲观、一种悲观的积极。

问：您如何理解灵魂深处的孤独？

答：这是一个很有诗意的题目。我觉得，一个人的灵魂只要足够深刻，就会发现那藏在灵魂深处的东西就是孤独。他会发现，人世间的一切都是有限的，他面对的是无限的虚空。这是一种大孤独感。当一个人经历重大苦难的时候，这种大孤独感就会突现。我写过一篇文章叫《人人都是孤儿》，里面就讲了这么一个意思，就是我们每一个人在这个世界上好像有父母有朋友等等，有这样那样的人际关系，但是，在真正的苦难面前，每一个人都是孤独的，你只能自己承受。一个最简单的例子是死亡，每一个人只能自己去面对和承受死亡，在这个时候，父母、儿女都帮不了你。从这一点来说，人在本质上是孤独的。

问：我读了您的《妞妞——一个父亲的札记》，作为一个母亲我深深为之感动，这件事情是很不幸的，非常同情您。但是经过了这件事，您是不是对医生有成见？我作为医生十多年的经验表明，或多或少我们都付出了一些情感，或者我是怜悯他，或者我是尊重他，但是有的时候你必须站在理性的一面，因为有一些治疗是非人性化的，对一般人来说是接受不了的。我不知道您心目中完全人性化的医生应该是什么样子。

答：我觉得我对医生是没有抱成见的，我相信有很多医生是有人情味的。我也知道医生不能光靠有人情味，这个东西不能治病，治病还是要靠理性、靠技术、靠医学。但是，我认为现在医生和病人之间的关系确实比较紧张，医生对病人比较冷漠，这种情况相当普遍。我反对技术化当然不是反对技术，技术总是要的，我反对的是只有技术，没有人文。有一些治疗手段虽然残酷，会对人体造成很大损伤，但为了治病必须采用，这不属于我所说的非人性化。

问：什么叫出世和入世？

答：出世和入世的"世"，是指我们生活在其中的这个功利世界，那么，入世就是很投入、很在乎，出世就是超脱乃至舍弃。入世也有不同的情况，有的是在乎小功利，谋个人的私利，有的是在乎大功利，谋社会的公利。我想，作为一个正常人，终归是要入世的，入世终归是基本的状态。但是，最好在心态上还是有出世的一面，我自己反正是这样的，在投入的同时与我的外在生活保持一个距离，就是站在比较高的位置上，从人生啊、宇宙啊的大背景去看自己经历的事情。如果你能够常常站到一个大背景下去看世俗生活中的沉浮，就会有比较豁达的态度。总之，把入世和出世结合起来，在入世的同时保持出世的心态，我觉得是最好的状态。

问：我经常在想，物理世界是运动的，宇宙是运动的，那么从精神世界来说呢，我们的思想是运动的，哪怕是在睡觉的时候，也还在做梦，那可以得出一个结论说，精神也是在运动的。死亡的时候，我们的肉体也在运动，转换成其他的形式存在，那么有什么理由说，我们的精神却突然终止了呢？

答：我不知道怎么样用科学来解释，人死了以后，人的精神也好，人的灵魂也好，它的去向。我觉得科学无法解释这一点。你刚才讲的那个推论，由死后物质的身体转化成另外的形式推出精神也转化成另外的形式，这是一个类比、一个假设，对此我们无法证明。按照唯物主义哲学来讲，精神不过是物质的一种功能，思维不过是我们头脑的一种功能，随着物质的解体，它的功能也就不存在了。我本人不相信这样的解释，不相信灵魂只是肉体的功能，没有肉体灵魂就不存在了。但是，我也不敢相信肉体不存在后灵魂还存在，我没有亲历这方面的证据。现在有很多举证，比如说濒死体验、死后复活、前世记忆，但这些东西我只能姑妄信之，没有办法判断。我只能说，我希望灵魂是存在的，它不会随着肉体的死亡而死亡。我只能希望这样。

问：近一百年来，在中国历史上没有产生大的自然科学家，也没有产生大的哲学家，您认为在未来的几十年，中国是否会产生大的哲学家？

答：我的回答是不会，我对这个前景是比较悲观的，因为我觉得中国文化如果不改变它的这种实用性的品格，就不会有希望产生文化领域的大师。中国文化注重的是人和人的关系，而哲学的大师不是靠注重人和人的关系能够产生的。哲学思考的是宇宙和人生的根本问题，如果没有一个思考根本问题的传统和氛围的话，大哲学家肯定是产生不出来的。德国有这样的传统、这样的氛围，所以产生了那么多大哲学家。大师的产生需要土壤，这种文化土壤我觉得我们现在还不够。所以，我现在特别想做的，就是呼吁改变我们文化的实用性品格，尊重精神本身的价值，不要那么实用主义，那么，也许我们的下一代、下下一代有希望。

问：听您演讲真是一件愉快的事情，可以使人产生长久的共鸣。我虽然是一名医生，但我从小喜欢历史和哲学。我常产生孤独和忧郁感。我喜欢一个人在大海边、山上享受宁静。请问，优秀的大师是不是都是孤独的?

答：我想优秀的人都有孤独的一面。孤独的概念有两个理解：一个是不被别人理解，因为优秀的人，他走在前面，跟得上他的人比较少；另外一个是，优秀的人对孤独的体验更深刻，从孤独中体验一种美、一种跟天地的交流。其实，人际关系往往是会妨碍这种体验的，比较优秀的人大概更愿意独处，离人际关系远一点。所以，你的表现也许是一种优秀的征兆。

问：在听您的课之前，我是一个比较有优越感的人，但听了您的课后，我觉得自己浑身都是毛病。请问，您认为独立思考的培养需要哪些条件?

答：其实，我因为自己浑身都是毛病，才总结出了这么多。我只是给自己提出了一个努力的方向，只是觉得人应该这样做，并不是我已经做到了。如果按这个标准衡量的话，我们每个人都有毛病。关于独立思考能力的培养，我觉得需要外部条件和内部条件。从内部条件来说，需要一定的天赋。爱因斯坦说过：独立思考的能力是大自然不可多得的恩赐。当然任何人都可以培养，那么这是一个能够培养到什么程度的问题了，在这方面拔尖的人是必须有一定的天赋的。另一个是外部的条件，外部条件我认为最重要的是教育，当然是好的教育，所谓好的教育就是能够给独立思考提供一个自由环境的教育。

问：按照您的说法，灵魂本来是高贵的。但哲学上有人性本善和人性本恶的不同说法，不知道您认为哪一种是对的? 如果是后天培养的话，您认为高贵的灵魂应该如何培养?

答：我讲的灵魂高贵好像不牵涉人性善恶的问题。哲学家们讲人性恶，实际上指的是人的生物性，讲人性善实际上指的是人的社会性，而我讲灵魂的高贵指的是人的精神性，我觉得与人性善恶问题的所指不同。

问：我从读您的《守望的距离》等书当中体会最深的，就是一种特别宁静的指向内心的感觉。我今天想提两个问题。第一，您今天从三个方面阐述了医学与人文精神，我想问这个跟我们所追求的真、善、美之间的关系。第二个问题，对资本主义阶段中的异化现象，即人的需求和经济的发展是矛盾的，这个您怎么看，并且怎么解决它？

答：真、善、美通常是对精神价值的一个概括，相对应于人的精神结构中的三个方面，就是理性、意志、情感。那么，我讲的人文精神的三个方面，后两个方面就是谈精神价值的。其中，头脑就是理性，追求的是真；灵魂实际上包括了意志和情感，灵魂的高贵相当于意志，追求的是道德和信仰，也就是善，而灵魂的丰富相当于情感，追求的是美。关于异化问题，我认为马克思的异化理论肯定是有道理的，就是在资本主义条件下，进步同时也是退步。不过这个问题比较复杂，比如说，如果资本主义是指市场经济，那么市场经济这个东西究竟是暂时的还是永恒的？人类能不能不要市场经济？如果是永恒的，异化就不仅仅是资本主义条件下的现象了。经济的发展导致了人类生活方式的巨大变化，这个变化亦好亦坏，带来了许多新价值，也毁掉了许多老价值，我觉得这种情况恐怕是无法避免的。

问：周老师，您的讲座使我很受触动。我想问的是，在您受尼采这些哲学家的影响之前，在您的童年您都思考什么？您受他们的思想影响，那是不是可以说他们的灵魂在您的身上延续了下去呢？在您死的时候，您的思想会不会在听了您讲座或者看过您书的这些人身上延续下去呢？因为这个您会感觉很平静吗？

答：我不是因为读了尼采等人的著作才开始思考的。我觉得，我后来走的路跟我小时候的性格关系非常大，我小时候非常敏感又比较内向，早就有了对人生的困惑，这类问题常常闷在心里面，自己慢慢想。比如说死亡问题，当我知道我自己也会死的那一天，我受的震动太大了。我不认为尼采的思想在我身上延续了或者我的思想会在别人身上延续，我觉得每个人都是一个独立的思考者，一个人思想的真正形成主要不是来自其他思想家的影响，而在很大程度上是自己的经验造成的，包括内在经验，不光是一种经历，而是一个人性格所造成的他的内心体验，这种东西我觉得也是非常重要的。比如说尼采，在很大程度上他是把我自己的东西激活了，启示了一种表达方式，但感受是我自己的。我相信，凡真正能提出自己的思想的人，他自己的感受是最重要的，如果没有这个基础的话，外来的影响其实起不了多大的作用。

问：对我们年轻的医生来说，怎么样才能培养良好的人文素质？

答：我提两点建议。第一点就是读书，要养成读闲书的习惯。要读大师的作品，读哲学、历史、文学的名著，这是一个很好的途径。第二点，我觉得医生的职业是很好的，它可以接触人性的很多秘密，因为病人在医生面前是不设防的，人性在关键时刻的表现，医生都能看到。所以，你除了给病人治病以外，你还可以观察病人，和病人交流，各种不同的人在得各种病的情况下的各种表现，你都注意观察，这是一个观察人性的特别好的机会。你看，美国很多医生都有这样的写作爱好，喜欢写自传，写医疗生涯中一些难忘的东西，这是一个好习惯。很多医生最后都成了作家，我想这不是偶然的。我建议你们经常记一点东西，养成写笔记、札记、日记的习惯。这会推动你们进行观察和思考，有写东西的习惯的人，他的感官和头脑是经常处在活跃状态的。

人文精神与教育

第一部分　教育的目标是实现人的价值

对于学生，我想从人文精神的角度着重谈一谈我对教育的理解。

同学们一路拼搏，终于进了大学，当然都是抱有一定的目的的。究竟要达到什么目的呢？为什么要上大学？想从大学得到什么？可能许多同学最主要的目的是要拿到文凭，有比较高的学历，当然也要学到一点知识，这些都是谋职的资本，然后能够找到一个好的工作。抱着这样的目的，我觉得无可非议，但还远远不够。如果只有这一个目的，你就仅仅是受了职业培训，不能算是真正受了大学教育。如果大学仅仅做到这一点，大学也只是起了一个职业培训场所的作用，不能算是真正的大学。但是，这正是我们今天大学的现状。

我认为中国教育现在的一个严重问题就是太急功近利，大学基本上成了职业培训场，这当然不是学生的问题，而是体制的问题，这种体制使大学变成了职业培训场，迫使学生也把职业培训当成了上学的主要目的甚至唯一目的。那么，怎样的教育才是合格的教育呢？我认为这就要从人文精神来谈了。

现在许多人在谈教育的理念、大学的理念，在我看来，这个理念应该就是人文精神。人文精神是教育的灵魂，它决定了教育的使命、目标和标准，没有人文精神，教育就没有灵魂，就是徒有其表的教育。当今教育的种种问题，归结为一点，实际上就是人文精神的失落，而且失落得相当全面。

什么是人文精神呢？我理解的人文精神，简单地说，就是现在人们经常说的"以人为本"。也就是说，要把人放在最重要的位置上，要尊重人的价值。具体到教育上，就是要把人身上的那些最宝贵的价值通过教育实现出来，一种合格的教育就应该是把学生身上那些人之为人的价值放在最重要的位置上的，应该是能够让学生把这些价值实现出来的。教育就是育人，就是要把学生培育成真正的人，亦即人的宝贵禀赋都得到发展的人，而不是仅仅能够满足社会上、市场上某种需要的人。简要地说，人文精神的核心是尊重人之为人的价值。与此相应，教育的根本使命就是要实现人之为人的价值。

那么，人身上到底有哪些价值是最宝贵的，是人文精神所尊重的，因而是教育应该促进它们实现的呢？我认为人有三样东西是最宝贵的。第一个是生命，生命对每个人来说都是最宝贵的，没有生命其他一切都谈不上。第二个是头脑，人是有理性能力的，有智力活动的。第三是灵魂，人是有精神需要、精神追求、精神生活的。所以，与这三样东西相应，为了实现这三样最宝贵的东西的价值，我们就有相应的教育项目。现在与生命相应的教育是体育，我认为范围狭小了一点，应该扩大，成为生命教育。可惜生命教育这个词没有办法简称，简称就成了生育，比体育还狭窄，成了光教你生孩子了。针对头脑的教育，我们有智育，就是智力教育，这个词很准确，但我们现在的做法有问题，我下面再讲。相对于灵魂来说，我们有德育，就是道德教育，我觉得还不够，应该加上美育，也就是审美教育。德育和美育都是灵魂教育，如果说德育的目标是灵魂的高贵，那么美育的目标是灵魂的丰富。因此，我认为在学校里应该有这样四种教育，就是生命教育、智力教育、道德教育和审美教育。

一、生命教育：实现生命的价值

首先谈一下生命教育。生命教育包括体育，但体育只是生命教育的一个部分。体育就是身体教育，以健康的身体为目标。如果一个人只是身体健康，体格强壮，却不懂得热爱生命、尊重生命、享受生命，健康有什么意义？所以，我主张把体育扩展为生命教育，生命教育的目标是培育对生命的尊重。

生命是最基本的价值，我想这一点是毫无疑问的。人只有一次生命，这个生命是他一生中所有其他价值的基础。有一个学校开展生命教育，请我题词，我题了三句话：热爱生命是幸福之本；同情生命是道德之本；敬畏生命是信仰之本。一个人只有热爱生命，对生活充满兴趣，才有可能感到幸福。那种生命力乏弱的人、心如死灰的人，是不会有什么事情能让他开心的。同情生命是道德之本，这是中西哲学家的共同看法，人类的一切道德都发端于同情心，都建立在同情心的基础之上。对生命怀有敬畏之心，因为生命的奇妙而相信它有着神秘的来源，这是有信仰的人的共通感情。信仰的本质就是相信生命具有某种神圣的性质。无论你信基督教、信佛教，还是什么教也不信，如果你对生命的神秘性有一种领悟，你可能就是一个有信仰的人。

那么，怎样才算尊重生命呢？我想，一个是要珍惜自己的生命。现在学校里屡屡发生中学生、大学生、研究生自杀的事件，当然这里面有社会的原因，包括现行教育体制的问题、应试教育的压力、生存的压力等等，但也有学生自己的原因，就是把生命看得太轻，一时想不开就结束了自己的生命。尊重生命还包括应该享受生命，上帝给了你唯一的一次生命，干吗不享受啊。从某种意义上说，享乐主义是正确的，活着时不行乐，以后就再没有机会了。生命本身所具有的欲望都不是罪过，禁欲主义是完全违背人性的。有健康的生命本能，能够感受到生命的乐趣，这是人生的强大动力。比如说恋爱，我觉得恋爱就是一种推动人向上的动力。我读初中时暗恋一个女生，使劲在她面前表现自己，为了让她佩服我，毕业时我报考上海最好的中学，就是上海中学，结果考上了。我上大学时，大学生是不准恋爱的，这真是没有道理。当然更不准发生性关系，这种事如果被发现，就必被开除学籍。现在大学生在这方面已经很自由了，不过太自由也有弊病，你可能沉湎在花前柳下，革命意志衰退。所以说我不反对及时行乐，关键是行怎样的乐。快乐有层次的高低，有些人往往沉溺于较低层次的快乐，从来不知道高层次的快乐是什么，真正的享受生命应该更注重高层次的快乐。另外我还想强调，尊重自己的生命，最重要的是要有对自己的生命的责任心，有意义地度过一生。

在尊重自己生命的同时，当然也要尊重他人的生命。刚才我说了，同情心是道德的开端和基础，一个没有同情心的人是不可能讲道德的。在现在社会上，同情心是越来越弱了，善良成了一种稀有品质，这是很可悲的。不但在社会上，在大学里，诸如杀人这样的恶性案件也越来越多，包括耸人听闻的马加爵杀人案，最近还发生了复旦学生虐杀流浪猫的事，表现出对生命的冷漠甚至残忍。

所以，我觉得，在学校里开展生命教育，把生命教育作为最基本的人生观教育，不但很有必要，而且十分迫切。如果学校里培养出的人不爱生命，没有人性，无疑是教育的最大失败。教育的第一个目标，应该是使学生成为热爱人生的人，同时也是善良的人。生命教育如何开展，还需要好好研究，基本内容应该是引导学生善待自己的生命，由此推己及人，善待一切生命。

二、智力教育：实现头脑的价值

第二点是智育，就是智力教育。智育是学校教育的主要任务，学生在学校里的大部分时间是在接受知识方面的教育，所以我对这个问题要着重谈一谈。

智育的目标是实现头脑的价值。现在对智育流行一种狭隘的理解，就是把它仅仅理解为知识的灌输，甚至归结为考试的分数、职业的技能。头脑的真正价值不在这里，你这样做只是把宝贵的头脑当成了一个容器、一个工具。智育的真正目标应该是让学生的智力得到健康生长，鼓励和培养他们对智力生活的爱好，使他们懂得享受智力生活的快乐。

在人的智力品质中，第一重要的品质是好奇心。人类所有智力活动的形式，比如哲学、科学，都是从好奇心开始的。好奇心是天生的，每个人在智力生长的一定阶段都会显现出来，实际上是一个人的理性觉醒的朕兆。从我的孩子身上，我就看到了这一点。在很小的时候，她就会问很多让人很意外的问题，问得最多的是五岁的时候，还没上小学，上小学后这样的提问就少一些了。所以我认为，从幼儿园到上小学，孩子的哲学水平是下降的，大约因为越来越接受老师给的现成答案了吧。你们听听她五岁时都问什么样的问题。有一段时间，她经常说我不想长大，又说要是没有时间该多好呀，我估计她是知道了人长大就会变老，她不愿意变老。那些天里，她就老问什么是时间、时间是怎么回事，我怎么跟她讲得清楚。但她自己在那里琢磨，有一天她说：我知道时间是怎么回事了，时间是一阵阵过去的，譬如说刚才我说的那句话，刚才还在，现在不在了，想找也找不回来了，这就是时间。她知道时间一去不返的性质了。还有一回，她问妈妈：世界的外面是什么？妈妈随口说：那还是世界吧。她不满意这个回答，想了一会儿，就说：世界的外面是世界的下一曲。她听 CD，一曲完了还有下一曲，她用这个比方说明世界是无限向外延伸的。还有一回更神了，她问我：爸爸，在世界的另一个地方会不会有另一个我？我一听就毛骨悚然，赶紧打岔说：可能吧，说不定你还会遇到她呢。

我是不想让她想这个问题，没想到她听了很生气，说：不会的！然后转过脸对妈妈说：有一天，你老了以后，在世界的另一个地方又会生出一个人来，那个人跟你长得完全不一样，但她就是你。她说的是轮回啊。你们不要以为她是受了我的影响，实际上我非常小心，从来不向她谈这些大问题，这些问题都是在她头脑里自发产生的。有一本书的书名是《孩子是个哲学家》，我完全相信这个论断。你们为人父母之后，留意一下，肯定有一段时间孩子会提大量的这样的问题。现在大人对待孩子这样的提问一般是三种态度：一种是置之不理，一种是顶回去，还有一种是自以为聪明地给孩子一个简单的回答。这些做法都很粗暴，其实所有的哲学问题都是没有答案的，对待孩子这种提问的最好办法就是鼓励孩子继续想。我在这种情况下往往这样说：宝贝你提了一个特别好的问题，可是爸爸回答不出来，我们一起慢慢想。我觉得孩子的这种好奇心特别可贵，一定要鼓励和保护，绝不能挫伤它。

好奇心是非常可贵的，但也很容易被扼杀和磨灭掉。在我看来，好奇心有两个最大的敌人。一个是习惯，往往是随着年龄的增长，对一些事物见多了，习以为常了，就自以为懂了，其实哪里是懂了，不过是麻木了罢了！真要你讲出其中的道理，就讲不出来了。好奇心还有一个更大的敌人，就是功利心。出于好奇心提的问题大多是无用的，但是关系到人的理性和灵魂，我们往往因为它们无用就认为它们没有什么意义，就把它们pass掉，这种功利心不知道扼杀掉了多少好奇心！我觉得我们的教育就存在这个问题。爱因斯坦曾经感叹说，我们的教育没有把人们的好奇心完全扼杀掉，这简直是个奇迹。他那个时候的教育还不太功利，就已经发出这种感叹了，在我们现在这种应试教育体制下，好奇心的保持就更难了。不光是教育，我们的整个文化都有这个毛病，就是实用性，无论对什么事情，首先就问有没有用，没有用就不要去做。我看过一个笑话，我觉得编得很有意思。在一个国际夏令营里，老师让孩子们讨论一个问题，题目是"世界粮食匮乏问题"，孩子们都不明白这个题目，但原因不同。美国孩子问：什么是世界？他太狂了，美国就是一切，不知道美国之外有世界。非洲孩子问：什么是粮食？他太穷了，没有见过粮食。欧洲孩子问：什么是匮乏？他太富了，不知道有匮乏这种事。中国孩子问什么呢？他问：什么是问题？这是讽刺中国孩子没有好奇心，我觉得基本上符合事实。尽管这是个笑话，但还是很传神地描绘了中国的孩子缺乏好奇心。其实孩子的天性都是一样的，都是有强烈的好奇心的，完全是被我们的教育和文化扼杀掉的。

从好奇心这一点来看教育，在教育中，兴趣是非常重要的，是教育第一要保护和鼓励的东西。杜威说，兴趣是一个人的能力的可靠征兆。事实也是这样，你做什么事情特别感兴趣，那你肯定在这个方面是有天赋的。学习有没有成效，关键是有没有兴趣。一个人在学习和研究自己感兴趣的东西时，精神处在一个非常快乐的状态，他真正是在享受。享受什么？就是享受智力活动本身的快乐。在这个时候，心智的运用本身就是快乐，就成了最大的快乐源泉。这就是古希腊人所看重的智性的快乐。一个善于享受这种快乐的人，他的心智始终处于活泼状态，这样的人是最容易出成就的。事实上，对世界充满兴趣是天才的主要品质。人们常常说天才就是勤奋，并且以为勤奋就是死用功，其实完全不是这样，他是太喜欢他所做的事情了，欲罢不能，在旁人看来他就是很勤奋，其实他是在享受，但是你不知道！所以，教育最重要的任务就是要培养和保护学生的兴趣。看一个学生的智力素质好不好，第一个尺度就是看他对事物有没有好奇心，对知识有没有兴趣。具体的兴趣点是可变的，在一段时间里，你也许对某个领域、某个问题更感兴趣，以后又转移到另一个领域和问题。但是，充满兴趣的状态是一贯的，享受智性快乐的状态是一贯的，只要你能保持这样的状态，要你不出成就也难。

智力品质的另一个要素是独立思考的能力。所谓独立思考的能力，就是对于任何理论、说法，你都要追问它的根据，在弄清它有无根据之前，你要存疑。笛卡儿所说的怀疑一切，意思就是对未经独立思考过的一切要存疑，这其实是思想者的必备品质。爱因斯坦把独立思考能力称作人的内在自由，并且认为教育的目标就在于培育这种内在的自由，而不在于灌输特定的知识，不在于培养专家。他说专家无非是训练有素的狗。如果你仅仅在某个狭窄的领域里受过良好的训练，具备相关的专业知识，你当然可以算是一个专家，但用这个标准看，一条训练有素的狗也可以算是一个专家。拥有独立思考能力的人对一切知识处于支配的地位，训练有素的狗则被它所受到的训练支配，这是二者的分界线。

那么，从独立思考的能力这一点看，具体到教育上，我认为就是要培养自主学习的能力。教育最重要的任务，第一是培养学生对知识的兴趣，第二是培养学生自主学习的能力。作为大学生，尤其是研究生，你必须有这个清醒的意识，千万不要把注意力放在学习死的知识上。你要学会自己安排自己的学习，知道自己要朝哪个方向钻研，应该看些什么书。自主学习是一切有成就的人的共同特点，他们都必定是具备这个能力的。还是举爱因斯坦为例，我认为他非常了不起，他不仅是一个大科学家，而且是一个哲学家、教育家，他对人类的智力品质和灵魂都有非常透彻的了解。在他去世前一个月，他的母校苏黎世理工大学百年庆典，请他写了一篇纪念文章。在这篇文章里，他没有吹捧母校而是批评母校，也批评整个教育制度。他说：从入学开始我就发现，按照学校的教育方式，我不可能成为好学生，因为成为好学生就意味着要认真听讲，要做很多作业，而我是不可能这样做的。所以，我当时就下定决心，满足于做一个中等成绩的学生，而把大量时间用于"以极大热忱在家里向理论物理学的大师们学习"。所以，爱因斯坦虽然上了大学，他实际上是自学的。毕业后，他又拒绝了学校的留校邀请。他说：如果留校的话，我就不得不去写大量的论文，结果便是变得浅薄。他在一个专利局找了一份差使，做一个小公务员，干了七八年，用业余时间研究理论物理学，他自己说那是他一生中最富于创造性活动的时期，为此感到极大幸福，他的相对论就是在这段时间里产生的。

我相信，各个领域里的杰出人物都是这样的，他们的成才史都是向教育争自由的历史。作为一个学生，你无法改变现行的教育体制，但是如果你足够优秀，你就不必完全跟着这个体制走，你可以最大限度地保持对它的独立性。在我看来，一切教育归根到底都是自我教育，一切学习归根到底都是自学，所有的伟人都是自学成才的，没有听说是老师教出来的。我很赞成一句话：学习就是学会学习。

你学会了学习，有了自主学习的能力，这是一笔终生财富，一辈子受用不尽。有成就的人都是终身自学者，不需要老师，永远在自学。英国哲学家怀特海说过一句话：什么是教育？教育就是把你在课堂上学的东西全部忘记了，把你为考试背的东西全部忘记了，那剩下的东西就是教育。如果你什么也没有剩下，就意味着你完全没有受过教育，白上了学。那剩下的东西是什么呢？就是自主学习的能力。用怀特海的话来说，最重要的东西是智力活动的习惯和融入身心的原理，至于那些具体的知识，如果你不用，是很容易忘记的，如果你要用，又是随时可以查到的。他还说过一句话，受教育的过程应该是一个智慧增长而知识减少的过程，那些知识的细节都消失在智慧里了，你需要的时候是很容易推导出来的。大家不妨想一想，自己在学校里是不是把工夫都用在那种很容易忘记又随时可以查到的东西上了，如果是这样，就太亏了。怀特海主张，应该像一个无知的人那样思考。说得真是精辟，不管你已经拥有多少知识，都当它们不存在，你的头脑永远直接面对事物本身，这正是一个具有独立思考能力的人的基本状态。

关于智育，我还想强调一点，就是智力生活的非功利性。爱因斯坦说：欧洲的伟大传统是为了知识自身的价值尊重知识。我们可以看到，这个传统从古希腊就开始了。毕达哥拉斯发现了勾股定理，为此举行百牛宴，杀了一百头牛来庆祝。在当时，发现了这个原理有什么用啊？任何物质上的好处都不可能有，他感觉到的完全是智力活动得到胜利的巨大喜悦。把心智的运用、知识的获得看作最大快乐，看作目的本身，这确实是欧洲的传统，马克思也不例外。马克思心目中的理想社会也就是共产主义社会是怎么样的？仅仅是物质的极大丰富吗？完全不是。那是一个自由王国，用他的话来说，这个自由王国是存在于物质生产领域的彼岸的。到那个时候，人的一切活动不是为了外在的目的，不是为了物质的生产，而是为了发展人的能力，人发展和享受自己的能力这本身就是目的。按照马克思的设想，那时候必要劳动时间缩短到了最低限度，整个社会只需要花很少时间就能够满足自身的物质需要了，剩下的绝大部分时间都是自由时间，这些时间用来搞什么呢？用来搞艺术、科学、哲学这些精神活动，人人都是这样，做自己真正喜欢的事，活动本身就是人性的实现，这才是理想的社会。

诺贝尔物理学奖获得者丁肇中有一段话讲得非常好。在一次讲座时，有学生问他：丁教授，你现在的研究有什么经济价值？他回答说：我不知道。但是，诺贝尔物理学奖第一届和第二届分别奖给了X光和电子的发现者，这两项发明在当时都没有什么经济价值。同样，后来的量子力学和原子物理学在产生时都被认为是花钱最多而最没有经济效益的。他说：科学最重要的是兴趣，是为了满足好奇心，而不是为了名利，这个利也包括经济价值。我相信，不管哪个领域的大师，都一定有这样一种眼光和态度。智力活动本身就是快乐，就是人的高级属性的满足，你为什么非要把高级属性的满足落实实际上是降低为低级属性的满足即所谓有用呢？所谓有用，不就是吃好、穿好、住好嘛，不就是物质丰富一点嘛！人为什么只想去满足自己的低级属性，不肯去满足自己的高级属性呢？为什么要以低级属性的满足为标准来判断高级属性的价值呢？这不是颠倒了吗？

　　经常有人问中国为什么出不了世界级的大师。虽然有获得诺贝尔物理学奖的中国人，但他们都是在国外受的教育，如果一直待在国内，恐怕就不会有这个成就。我觉得根本的原因就是我们太实用，什么东西都要问有没有用，这是我们传统文化的一个大弱点。这个问题其实很早就有人提出来了，王国维在二十世纪初就指出，中国的最大问题是不注重精神价值，他说引进西方的物质文明是容易的，二三十年就能见成效，但是精神文明建设必须经过好几代人的积累，这是最难的。在欧洲，有很多人纯粹是为了兴趣去进行研究，根本不问有什么用处。我在德国的时候就认识了这样的一个教授，是哲学教授，他正好是研究王国维的，写过一本厚厚的专著，可是有一阵突然对猴子产生了兴趣，想研究猴子的生活习性，就买了好几只猴子养在家里，和它们同吃同睡，他的老婆实在受不了了，就和他离婚了。像这样的怪人特别多，一根筋，在旁人眼里好像疯了。我相信，一个民族像这样出于纯粹兴趣做事的人越多，在这片土壤上就越容易出大师。所以，我们必须改变我们文化的实用性品格，形成一种全民族尊重精神价值的氛围，那样才会有希望。

　　总之，智育的目标应该是培养好奇心、纯粹的兴趣和非功利的探索精神，培养独立思考、自主学习和享受智性快乐的能力，这是智力教育的本义，而不仅仅是灌输知识，当然更不仅仅是培养职业技能。

三、灵魂教育：实现灵魂的价值

　　我把灵魂与头脑、心灵生活与智力生活区别开来。人有一个头脑，这是可以看见的，而灵魂是看不见的，你问我灵魂在身体的哪个部位，我说不出来。但是，我认为灵魂与头脑是有区别的，人对美和爱的需要、对意义的需要，这些都不能用头脑来解释，我只能说来自灵魂。套用柏拉图对于知、情、意的分类，可以说头脑是知，也就是理性，灵魂是情和意，也就是情感和意志。情感是审美性质的，意志是道德性质的，与此相应，灵魂的教育可以相对地区分为美育和德育。美育的目标是造就丰富的心灵，使人有丰富的情感体验和内心生活；德育的目标是造就高贵的灵魂，使人有崇高的精神追求和自觉的信仰。

谈到美育，现在许多家长好像很重视孩子的艺术教育，给孩子报各种班，学各种技能，弹钢琴呀，画画呀，但出发点极其功利，无非是为了孩子将来多一条路可走。这是很糟糕的，违背了美育的本义，结果只能是败坏孩子对艺术的感觉。艺术是最自由、最没有功利性的精神活动，掺杂进功利的考虑，就不是艺术了。美育也绝不限于学一点吹拉弹唱或者画画的技能，它的范围广泛得多，凡是能陶冶性情、丰富心灵的活动都是审美教育。我把美育归入灵魂教育，我认为这一点很重要。美育是对心灵的教育，它的目标是心灵的丰富，是体验美和爱的能力。

那么，怎样才能使心灵丰富呢？欣赏艺术，欣赏大自然，情感的经历和体验，这些都很重要。除此之外，我提两点一般性的建议。一个是要养成过内心生活的习惯。上面谈智力教育时，我说人应该养成过智力生活的习惯，现在谈灵魂教育，就是要养成过心灵生活的习惯，优秀的人应该有这两种习惯。我们平时总是在和别人一起聊天、谈话、办事，但是人应该留一点时间给自己，什么事也别做，什么人也不见，和自己的灵魂在一起，这叫独处。静下来，想一想人生的问题，想一想自己的生活状况，想一想所经历的人和事。现在的世界太喧闹太浮躁了，人们都生活在表面，生活在外部世界里，我觉得这很可悲。这个时代大家都很看重交往的能力，这次我来四川，在北京机场的书店里看到一本书，书名似乎叫《能说会道者赢》，我一看就感到别扭，能说会道也就是做一个推销员罢了，那算什么成功。我承认交往是一种能力，但独处是一种更重要的能力，缺乏这种能力是更大的缺陷。一个人不喜欢自己，和自己在一起就难受，这样的人肯定是没有内涵的，他对别人也不会有多大益处，他到别人那里去对别人只是一种打扰。一些没有自己心灵生活的人在一起，他们之间的交往就无非是利益关系，就会互相争斗。

另一个建议是读书，读好书。不能光读专业书，还要读一些与专业无关的书，罗素所说的"无用的书"。文科有很好的条件，因为"有用的书"与"无用的书"是统一的。一定要读好书。我比较爱读书，但还是有许多好书没有来得及读，也许永远来不及读了，这是特别大的遗憾。当你读了从古希腊以来的哲学人文经典，你会发现这是莫大的享受，如果没有读，你是蒙受了多大的损失，可是正因为没有读，你还不知道自己蒙受了这么大的损失。人类的精神宝库属于每一个人，向每一个人敞开着，你不走进去享受里面的珍宝，就等于你把自己的权利放弃了，那是何等可惜。

最后谈德育。我觉得对德育也一直有一种狭隘的理解，就是把它仅仅看成一些规范的灌输，比如集体主义、爱国主义、诚实、守纪律之类。智育限于知识，美育限于技艺，德育限于规范，都是舍本逐末。德育应该是对灵魂的教育，目标是灵魂的高贵。

从人性看，道德有两个层次。一个是人的社会性层次，道德是维护社会秩序的手段；另一个是人的精神性层次，道德是灵魂的追求。这两个层次都不可缺少，但精神性的层次是更为根本的。康德说，人能够为自己的行为立法，就是说的这个层次的道德。人有超越于生物性的精神性，它是人身上的神性，意识到自己身上有这个神性部分，并且按照它的要求来行动，这是道德的本义。这个真正意义上的道德，它的基础是人身上的神性，是人的灵魂的高贵，它是真正自律的。如果没有这个基础，只在社会层面上谈道德，道德就仅仅是维护社会秩序和处理人际关系的手段，是一种功利性的东西，是他律。我们进行道德教育，应该从根本入手，使人们意识到人的灵魂的高贵，在行为中体现出这种高贵。什么是灵魂的高贵呢？就是有做人的尊严，有做人的原则，在任何情况下都不做亵渎人身上的神性的事。一个人为了满足物欲而百无禁忌，不择手段，只能说明他身上的神性已经泯灭，只剩了兽性，就已经不是人了。事实上，那些做出了道德沦丧之事的人，他们有一个共同之处，就是不知人的尊严为何物。有的人真的不拿自己当人，遇到这种人你就很难办了。一个自己不懂得做人的尊严的人，一定也是不懂得尊重他人的。他和人打交道永远是不讲诚信的，不过我认为我们对他还是要讲诚信，就是老老实实告诉他：我不跟你打交道！

相信人身上是有神性的，这实际上就是信仰了。信仰主要不在于信不信教，你可以不相信神，但是你一定要相信神圣，相信人身上是有神性的，所以要有所敬畏，要知道有些事情是你做不得的，有些原则是不能触犯的，触犯了就不是人了，要有做人的原则。所以说到底，有灵魂的高贵，有做人的尊严感，你就一定会自律，道德和信仰就都有了。如果没有，道德和信仰就都谈不上，你标榜的道德和信仰都是表面的，都是假的、靠不住的。

尊重灵魂其实是一种广义的宗教精神。一个民族可以没有宗教，但是不能没有宗教精神。所谓宗教精神，就是对高于世俗生活的精神意义的追求。人类的精神生活领域是围绕着对这种更高意义的追求展开的，用大自然的眼光看，这个意义并不存在，它实际上要靠人自己来创造。正是这样一种为生存寻求和创造一个更高意义的过程，形成了人类精神生活的各个领域，包括宗教、哲学和艺术等等。那么这个意义找到了没有呢？似乎并没有找到，但是我们最后发现，这些精神生活领域本身就很有意义，我们因为寻找意义形成了这样一些领域，而这些领域本身就为人生提供了精神意义。所以，情况似乎是这样，寻找意义本身就使我们的人生有了意义。

关于教育的目标，我就讲到这里。总的来说，我认为教育应该远离功利和实用，贯彻人文精神，教育的目标应该是培养健康、善良的生命，活泼、智慧的头脑，丰富、高贵的灵魂，这样，我们的教育就真正成功了。

第二部分　教育机构的使命和今日教育的问题

一、教育机构的使命

上面我从人文精神的角度讲了教育的目标，就是要把人身上那些最宝贵的价值实现出来。事实上，人身上这些最宝贵的东西，包括人的智力品质和心灵品质，在一定意义上都是人性中固有的。每一个人，从他出生以后，这些东西都已经以萌芽状态存在于他的身上了，有了合适的环境，它们就会生长。所以，我特别赞成卢梭提出的一个观点，就是教育即生长。教育不是强行把一些能力从外面放到人这个容器里面去，这些能力在人性中本来就已经存在了，教育只是提供一个良好的环境，让它们正常地生长。

我完全相信教育就是生长，这一点我在我女儿身上看得特别清楚。我女儿现在七岁，她四岁认字，五岁能看书，那时候还没有上学，这个过程我觉得特别有意思。每天晚上，她妈妈给她读一点诸如格林童话那样的经典童话书籍，她非常爱听。有一天，她问妈妈：书上都是字，故事在哪里？我们没法跟她解释清楚。后来她逐渐识了一点字，识字的过程非常自然，她有时候看光盘，就会跟着声音看字幕，有时候妈妈带她出去，她就会问妈妈招牌上是什么字，这样一来，她逐渐地、零零星星地认识了一些字。后来有一回，妈妈晚上给她念了一段故事，第二天发现她自己拿着故事书在念，其实大部分字她还不认识，但她养成了这个习惯，妈妈读的故事她第二天就自己去看，这样认识的字越来越多。有一天，她对妈妈说：妈妈，你不要给我念了，你念了我再读就没有意思了。你看，认字这个过程，需要我们去强迫她吗？根本不需要！其实每个孩子都有这样一种能力，但是如果你强迫他，他就会反感。通过这个事例，我真的看到人的很多能力是天生的，教育只是给它环境让它生长出来。

对于卢梭提出的教育就是生长的观点，杜威做了进一步的阐发，他说：这意味着生长本身就是目的，并不是在生长的前头另外还有一个目的，比如说将来适应社会、谋求职业、做出成就之类。我觉得杜威讲得非常到位。那些谋职之类的东西当然不是不要，但它们不是生长的目的，只要你生长得好，成为一个优秀的人，那些东西自然能够解决。所以，我们不应该用狭隘的功利尺度来衡量教育。用什么尺度衡量教育呢？应该用人性的尺度，看教育是否使学生的天性和与生俱来的能力得到了健康生长，包括同情心、好奇心、思考和感受的能力等等。换一种说法，也可以说是人生的尺度，教育应该为幸福而有意义的人生打下良好的基础。怎样才算打好这个基础呢？非常简单，就是看受教育者现在的生活是不是幸福而有意义。用生长的眼光看，人生的每个阶段都有自身的价值，每个阶段的价值都应该得到实现。有一种流行的错误观点，就是把学生时代仅仅看作人生的一个准备阶段，它的全部价值似乎只是为将来走上社会做准备。我们今天的教育基本上是在这个错误观点的支配之下，以未来的名义无情地剥夺孩子们的童年和青春。卢梭说：为了某个不确定的未来而剥夺现在，这种做法是残酷的。依我看，这种做法其实也剥夺了未来，一个人在童年和青年时代过得不幸福，他的那个不确定的未来就凶多吉少了。另外，我觉得还应该用精神的尺度来衡量教育，大学要培养的是优秀的头脑和灵魂，在这个意义上就是精神贵族，不只是所谓有用人才、有知识的打工者。大学大学，大人之学，什么是"大人"？就是精神高贵的人，精神贵族。当然，我们也应该用社会的尺度衡量教育，但这个社会尺度应该是广阔的而不是狭隘的。罗素说：由本性优秀的男女组成的社会肯定是一个好社会。如果社会的成员都受过真正良好的教育，他们的本性和能力都得到健康的生长，那么，他们互相之间就必定能够较好地理解和欣赏，在这样一个社会里，人的高级属性就能够最大限度地得到尊重和发扬。相反，如果在学校里只是学一点知识和技能，学生一心想的是谋一个好职业，精神上贫乏而狭隘，那么，在他们走上社会之后，人与人之间就只有低水平的竞争，由这样的人组成的当然不是一个好社会。

从教育就是生长的观点看，教育机构和教育者的使命是什么？就是为生长提供最好的环境。所谓最好的环境，我认为有两个方面，一个是自由，一个是好老师。用植物的生长比方，自由就是充足的阳光、水分，教师就是园丁。

如果说内在禀赋的生长是内在自由的拓展，那么，教育就是要为这个生长提供外在的自由。外在自由的第一个含义是自由时间。在希腊文中，学校一词的意思就是闲暇。在希腊人看来，到学校上学就意味着从日常事务中摆脱出来，有充裕的闲暇，可以无所事事地体验和沉思了，正是在这样的无所事事之中，人的心智能力得到了生长。我发现成都人的日子过得很悠闲，闲暇时间很多，看来成都人的教育状况非常好。不过搓麻将还是太多了一些，如果能匀一点时间给自己的头脑和灵魂就更好了。卢梭有一个谬论：最重要的教育原则是不要爱惜时间，要浪费时间。不过，他有他的道理，他说：误用光阴比虚掷光阴损失更大，教育错了的儿童比未受教育的儿童离智慧更远。今天我们许多家长和老师唯恐孩子虚度光阴，驱迫他们做无穷的作业，不给他们留出一点玩耍的时间，自以为这就是尽了做家长和老师的责任。卢梭会问你：什么叫虚度？快乐不算什么吗？整天跑跑跳跳不算什么吗？如果满足天性的要求就算虚度，那就让他们虚度好了。仔细想一想，卢梭多么有道理，我们今日的所作所为其实正是在逼迫孩子们误用光阴。外在自由还有一个含义，就是思想和言论的自由，在学校里就是学术自由，学校要为学生的独立思考和自主学习提供一个宽松、宽容的环境。

最好的环境的另一个方面是好的教师。事实上，在学校里，教师构成了学生学习的最重要的环境。大学教育的核心问题是要有一批心灵崇高、头脑活跃的学者，通过他们去影响学生。林语堂曾经说，在牛津和剑桥，那些教授是怎么教学生的？他们把学生叫来，一边抽着烟斗，一边天南海北地聊，学生被他们的烟和谈话熏着，就这么熏陶出来了。教师当然要传授知识，但是更重要的是他们本身素质所形成的一种氛围，这种氛围对学生有更本质的影响。好学生不是训出来的，而是熏出来的。什么叫好学校？一个大学有一批好教师，就是好大学，一个学科有一两个好教师，就是好专业。现在大家都说要创办一流大学，据我看，所谓一流大学就是有一流的教师，有好的体制把一流的教师吸引来，让他们充分发挥作用。你只是圈大地盘、盖大校舍，算什么一流大学！什么是名校？就是有一个懂教育、具慧眼的名校长，凝聚了一批人品和学问都好的名教授，带出了真正优秀的学生。比如说，人们津津乐道的蔡元培时期的北大、吴宓领导的清华国学院，好就好在这里。你只是靠名校的招牌录取考分高的学生，你的体制却是压制和排斥品学皆好的教师，让一些平庸功利之徒在那里折腾，算什么名校！素质好的学生到了你那里，也会被败坏，或者愤而退学。

总之，大学能够为学生提供的最好的东西，一个是自由宽松的环境，一个是品学皆优的教师，有了这两样东西，就不愁培养不出优秀的人才。优秀的人才是生长成的，不是训练成的。教育应该为生长提供充足的阳光，如果做不到呢，最低限度是不要挡住阳光。一个好的学生对坏的教育可以说的话，就是哲学家第欧根尼对亚历山大大帝说的那句话："不要挡住我的阳光。"

二、今日教育的问题

用人文精神的眼光来衡量，我认为今日的教育有三大弊病。第一个是急功近利，市场支配大学教育，所谓"与市场接轨"，大学成了职业培训场。怀特海说：在古代的学园里，哲学家们向弟子传授的是智慧，而在今天的大学里，卑微的目的是教授各种科目，这标志着教育的失败。这么来看，我们今天的教育就更失败了，因为我们的目的更加卑微，只是升学、就业甚至金钱。

当然，急功近利不只是教育的问题，而是整个社会的问题。现在人们都非常渴望成功，而所谓的成功又无非是多多地挣钱，非常狭隘，也非常浮躁。一个人可以为自己树立很多目标，但是我认为，第一目标应该是优秀，成功只是其次的目标，应该把成功看成优秀的副产品。首先要让自己成为一个优秀的人，成了优秀的人，你可能成功，也可能在社会的意义上不太成功，但是不管怎么样，你的人生是有意义的。如果你是一个平庸的人，你最多只能得到渺小的成功，因为你始终只是在混日子，最多只是混得好一些罢了。平庸者只有职业，优秀者才有事业，一切伟大的成功者必定是优秀者。所以，一定要以优秀为目标，不要去在乎那些小成功，有大成功在等着你。

今日教育的第二个弊病是应试教育。对于应试教育的害处，大家谈论得很多了，素质教育的口号也喊了很久了，事实却是应试教育愈演愈烈，原因在哪里呢？我认为在高考，只要高考制度没有根本改变，素质教育就是一句空话。问题是高考的成绩不但决定了学生的命运，而且决定了学校、校长、教师的命运，就像教师们所说的：我们是挂在应试列车上的一节车厢，工资、奖金、职称、学校排名都与高考成绩挂钩。因此，必然的结果是，不应试就无法生存。

怀特海真是一位大教育家，在教育问题上有许多真知灼见，他早就指出：统一考试是灾难性的，必然会使所有被迫参加这种考试的学校包括校长和教员都受到束缚。他说的统一考试，是指那种考题不是由学生自己的老师设计，而是由某个机构设计的考试。西方国家没有全国统一的高考，只有较小范围内的统一考试，对此他也反对。统一考试的问题是统一命题，有标准答案，这就使它只能偏重死记硬背的知识而不是独立思考。统一考试在我们的高考中达到了空前的规模，它的危害也达到了顶点。为了对付高考，老师和学生都把掌握应试技巧看作最重要的事情，把精力放在大量猜题、做题上面，真正的智力教育完全遭到荒废。现在有所谓"高考能校"，对学生实行封闭式管理，像军营一样，学生从早上七点到晚上九十点都在做题和背诵，一天学习十四个小时，两周休息一天。前不久我看到报道，辽宁有一所这样的学校，辽中县第一高中，每天上十五小时课，一个女生猝死在课堂上。高中生是最苦的，但初中生、小学生也好不了多少。你看现在的小学生，一年级就背起了沉重的书包，二三年级就有大量家庭作业，做作业做到深夜。面对全民奔高考的逼人形势，许多家长心理上极其紧张，怕孩子跟不上，从小学起就给孩子报各种课外班，什么奥数、英语、语文等等。武汉有一个小学生每个周末上七个班，真是令人发指，上了媒体，其实上三四个班的很普遍。高考的威力甚至影响到幼儿园，有一句话叫作：不能让我们的孩子输在起跑线上。可是，在我看来，这种态势恰恰一开始就已经是输局了。我们逼迫孩子们从幼儿园开始就投入可怕的竞争，从小学到大学一路走过去，为了拿到那张最后的文凭，不知道要经受多少作业和考试的折磨，为了如此渺小的一个目标牺牲了宝贵的童年和青春，这简直是全国性的野蛮和疯狂。我不禁要问：这还是教育吗？教育究竟要干什么？

我们现在的高考制度是二十世纪五十年代学苏联的产物，"文革"后恢复，一开始还不是这个样子的。现在成这个样子，原因很复杂，与现行教育体制的其他弊端有密切联系。我本人认为，唯一的出路是扩大高校的自主招生，最后的目标则是废除高考。有人担忧，现在教育腐败这么严重，如果让高校完全自主招生，岂不会加重腐败，加剧不公平。我的看法是，自主招生必须置于法律的监督下，做到程序合理和透明，而对自主招生中可能出现的营私舞弊行为，也完全可以用法律来对付。无论如何，我们不能让这个高考制度继续摧残一代又一代孩子的身心健康了。且不说它与现在的腐败脱不了干系，事实上它滋生了一整个靠高考牟利的腐败产业，即使废除了它会出现一些新的腐败，只要能制止今日这种全国性的野蛮和疯狂，我认为也是完全值得的。

今日教育的第三个弊病是腐败。腐败的根源，我认为主要是两个，一个是管理体制的高度行政化、官本位化；另一个是公益事业的产业化，把公立学校变成了营利工具。在这个社会转型时期，无论哪个领域，只要权力与市场联手，就必然产生腐败。关于这个问题，我不准备多谈。我只想强调，教育腐败是最可怕也是最可恨的。教育直接关系到人的头脑和灵魂，原本是最需要人文精神的领域，现在竟然成了最没有人文精神的领域。老百姓最痛恨的腐败，一个是医疗腐败，一个就是教育腐败。在一切文明国家和时代，大学都是抵御社会腐败的堡垒，如果大学也腐败了，就真没有希望了。

四川大学现场互动

问：您很强调要做守望者，您认为知识分子的最高使命就是做一个守望者吗？您认为您是一个合格的守望者吗？

答：我不认为做守望者就是知识分子的最高使命，但我认为这是知识分子不可缺少的使命，当然不是唯一使命。知识分子完全可以投入时代潮流，但你必须有跳出来的时候，有与这个时代潮流保持一段距离审察它的时候，没有距离是无法审察的。站在什么立场上审察？就是站在人类基本精神价值的立场上，看时代潮流是否偏离了这些基本价值。我说的守望者是这个意思。至于我是不是一个合格的守望者，我觉得我自己很难做这个评价，但我一直在要求自己这样做。

问：您说过性遵循的是快乐原则，与道德无关。我同意前一句，不同意后一句。您怎么看？

答：作为一种生理行为，性的确是与道德无关的，我是从这个意义上说的。但是，实际的性行为总是发生在具体的人之间，会带进人与人之间的其他关系，这就可能涉及道德的问题。譬如说，你并不爱一个女孩，但为了使她愿意与你发生性关系，就谎称爱她，这就是不道德。在这里，不道德的不是性行为本身，而是欺骗行为。

问：学术著作往往艰涩难读，而您的著作都比较通俗易读，您是有意这样做的吗？

答：其实我现在的许多作品不能算学术著作，虽然也许可以算哲学著作。哲学著作和学术著作是两回事，哲学史上绝大多数名著都不是学术著作，而现在哲学界的许多学术著作没有多少哲学含量。即使是学术著作，我主张也应该尽量写得让人能够读懂，这在多数情况下是可以做到的。当然，有一些非常专业的东西，不是行内的专家就不可能懂，那么我很欣赏霍金的做法，他把自己的宇宙学研究成果用比较通俗的语言重述一遍，使一般读者至少能够大致地了解。

问：您如何看待这个时代人文精神的失落？

答：我觉得人文精神不是现在才失落的，在我们的传统文化中就比较缺乏，这个我已经谈过了，就是我们一贯不太重视精神本身的价值。现在的新问题是无序的市场经济，但是我寄希望于市场经济的发展，能够逐步形成秩序，推动法治社会的建立和完善。我相信，人文精神与法治社会之间存在着互相促进的关系。

问：您主张要有比较高的阅读标准，请您推荐几本书。

答：我推荐不了。真正爱读书的人都知道，读什么书必须自己来选择，个人差异非常大。共同的是要有高标准，读精神含量、知识含量高的书，不要读平庸的书。如果读不进好书，只读平庸的书，我只有一个解释，就是这个人太平庸了。我们不要做平庸的人，起点高才走得远。

西南政法大学讲座的开场白

付子堂（主持人，西南政法大学教授、时任副校长）：尊敬的各位老师、各位同学，晚上好。新学期新气象，今天我们在这里举行隆重的仪式聘请我国著名学者周国平教授为我校教授，并由周国平老师开展本学期第一次的金开名家讲坛。周老师的作品以其文采和哲思赢得了无数读者的青睐，无论是青年还是老年都可从他的著作中收获智慧和超然。很多大学流传着这样一句话：男生不可不读王小波，女生不可不读周国平。但这句话是不全面的，现在我们的男生都在读周国平。总而言之，周老师能成为我们西南政法大学的教授是我们西南政法大学广大师生的荣幸！根据我校传统的做法，先由周老师进行主讲，然后再由各位嘉宾进行评论。当然，按照我们的坛规，尽量少一些吹捧，多一些批判。如果各位嘉宾的话有不当之处还请周老师体谅。下面有请周老师。

周国平：很荣幸我能成为西南政法大学的教授，从今天开始我们是一家人了。这件事情对我来说有点突然，有点像做梦似的。我昨天给重庆市委"三峡大讲坛"做了一堂讲座，没想到今天就成了西南政法大学的教授。陈金全老师是我的北大同学，一个月以前就已经跟我谈这件事情，我也很乐意。我为什么愿意受聘于西南政法大学呢？有两个原因。第一，我最喜欢做的事情就是读书和写作，我觉得安安静静地读书、写书，这样的日子是非常美好的，我不喜欢外界来打扰我的独立的研究、思考和写作。这次西南政法大学很尊重我的意愿，很尊重我学术上的独立自主状态，我完全可以按照我自己的方式来工作。我非常感谢西南政法大学对我的这种开明的态度。第二，我很愿意和年轻人在一起。我一直在中国社会科学院工作，在那里工作期间很特别的一点，就是始终没有机会和年轻学生来往。我记得英国哲学家怀特海说过一句话：大学是什么？大学就是在老年人的智慧和年轻人的热情之间搭起的一座桥梁。西南政法大学为我这样的老年人——虽然我不愿承认——和你们这样的年轻人搭起了一座桥梁。今天看到同学们的这种热情我很感动，所以我会经常来西南政法大学和大家座谈，也可能会担任一点课程。

西南政法大学讲座的点评和回应（摘要）

陈金全：各位同学，我算不上点评，我这人缺乏批判精神，我介绍一下情况。周老师能成为西政的教授我既感到高兴也感到很突然。因为市委汪洋书记请他来做讲座，我跟学校汇报了，人事处态度积极，力主"引进"周老师，所以三天就成功了，姚荣茂处长也起了很大的作用。周国平和我1962年考入北大哲学系，我们哲学系哲学专业共两个班五十个人，再加心理学专业十人。他是我们当中最年轻的，但是作品最多、名声最大。他上大学时就是班上最爱逃课的一个，经常看自己的书，晚上熄灯后还看书，所以有时候还跟同学们闹点"小摩擦"。有一次我在北大书店买书，有几个书商在那儿议论谁的书最好卖，他们认为周国平的书最好卖。二十世纪九十年代中期我接触周国平的散文，感到很有意思，他把哲学讲活了。

曾凡跃：我觉得好久都没听到这么精彩的讲座了，心里很震撼。周老师的演讲有一种诚然、超然的精神，一种自由的品格。我围绕今天周老师演讲的题目简单地提几个问题。讲大学变成了制造人才的工厂，从人文精神来看这肯定是有问题的，但这也是近代教育的功劳，相对于古代私塾来讲是一个进步，大学的目标应该还有"为社会服务"。现在的学校是否应成为古代的书院？古希腊时期的学园是否应成为现在学校的目标？学校应不应该成为游戏场所？我认为学校纯粹建成人文精神的乐园是不可取的，这是外在强加的。为什么说是强加的呢？这涉及对"人文精神"的理解。"人文"是西方的"人文"还是东方的"人文"？按照后现代主义的理解，柏拉图主义、本质主义都是应该否定的，所以我们应按哪种人文精神来塑造这本身就是麻烦事。有没有"人文精神"，我想这是问题之所在，我们所称的"人文精神"可能是一种假象。"人文精神"需要重估，大学要发起对"人文精神"的批判从而建构一个新的人文精神。那么新的人文精神是什么？我想就这个问题请教周先生。

张永和：听了讲座，我觉得真正的哲学家是一个有思想的人。今天周老师讲述过程中我也产生了一定的疑虑，这疑虑与教育本身不太有关。人文主义最早还是文艺复兴时期由神性走向人性的过程中产生的。今天我非常有幸求教于周国平老师，就是：现代人走出神性以后，我觉得人自大了，以至于我们对我们身边的很多生命现象都很忽略，我们没有将它们当作平等的生命现象来思考，现在所反复发生的虐待动物的事件是值得我们思考的。还有一个问题就是人与动物的区别，周老师刚才谈到了人与动物的区别在于同情心，而这种同情是人的本能。如果说到人与动物的本能，我在想动物是否也有同情心。霍布斯说过：人与人的关系是狼与狼的关系。我觉得狼与狼之间的关系是很美好的关系，狼的义务感是不亚于人的，我有时候想象狼生气的时候它们会不会说你们连人都不如。还有周老师讲人的意义是高于生存的体验，我看过一些关于动物的书，书中讲动物的心理活动不亚于人，如猩猩在群中称霸时，它们追求一些高于生存的目标。所以我想问"人文精神"能否从动物中脱离出来？世界上一切生物存在的意义是什么？

徐昕：我从非专业人士的角度谈点感想。关于人文精神，周先生对此表达得不十分清楚，但从演讲可以概括出三点：尊重生命的价值、尊重头脑的价值、尊重灵魂的价值，分别对应着人性、理性、超越性。大概这就是他所谓的人文精神。我有些疑惑，符合上述要素的就有人文精神吗？许多文人都是这么做的，但为什么中国的文人容易成为伪君子呢？人文精神是中国近十几年来一个热门、时尚以及用滥的词，大家的讨论往往流于空洞和表层，今天的演讲也有这种倾向。关于哲学，周先生提倡人追求精神生活，劝人向善，但恕我直言，这些表达很有些常识化，并没有多么深刻的哲学思考。如果这也叫哲学，那么哲学的门槛太低了。当代中国出了几位哲学家呢？有人说没有，有人说只有三个半。实际上，我一直是把周先生定位于一位著名作家，而不是哲学家。和物质相比，周先生更看重精神性品格，认为精神生活比物质生活具有更高的价值。但他过于强调精神的一面。关于物质和精神，一定需要分出主次吗？以追求物质为目标，少些精神信仰，难道就缺乏人文精神吗？甚至还可以追问，为什么一定要追求人生意义，一定要活得高尚、伟大或者永恒呢？我认为，价值多元应当成为人文精神的一个基本要素。周先生强调尊重人的生命，强调人与动物的区别，是否意味着人类中心主义呢？实际上，人和动物的区别是一个千古难题，说区别在于灵魂可能没有错，但灵魂是什么？这词解释起来似乎要比说清楚人和动物的区别更复杂。周先生讨论人文精神与教育还贯彻了另一条线索，即中西文化传统的对比，但过于断然和绝对地区分中西文化传统的不同。我感到疑惑，按照周先生的讲述，西方文化传统是显然优于中国的，而人文精神也来自西方的精神文化传统。那么，我想追问的是，中国是否有人文精神的传统呢？中西文化传统真的是一个重物质、一个重精神吗？西方文化传统没有实用性吗？在承认文化进步的基础上，我认为应当考虑一下文化相对主义的观点，凡文化皆有价值，文化无优劣，正如不能说英语优于汉语。关于功利，周先生指出，好奇心是神圣的，而功利心是它的敌人。我认为，好奇心与功利心的关系并非如此。功利心并不可耻，它是人极其正常的心理，利益优先的、世俗的功利主义态度虽然不超越，但完全符合自然法则，也不会阻碍科学发展。甚至当今科学、经济、社会活动基本上源于功利心的驱动，都是基于追求收益最大化的经济逻辑组织起来的。周先生举例说，毕达哥拉斯发现了勾股定理后杀一百头牛大加庆祝，而这一定理当时没有任何实用性。我想，效用的含义应当这样理解，它既包括当期效用也包括预期效用，既包括物质效用也包括精神效用。这一定理的发现对毕达哥拉斯而言就是一种精神收益，为精神收益而行动，也是功利。

张培田：对周老师我是久仰大名，今天的讲座对我的启迪很大。按照金开的传统，需要提点问题。周先生哲学思维局限在"人文主义"，实际在哲学发展史上，对人文的关注已大大地超越了。罗素有过论述：人类太关注人本身，有局限，会出问题的。还有，人从本质上讲是动物，他还有兽性的一面，在不同条件下，人性与兽性会转化，这一点有很多实例。所以对"人文主义"的关注中少了对人的兽性的研究，这也是有问题的。

周国平：提出的问题很多啊，我十分欣赏西政这种坦率批评的学术气氛。实际上我今天做的不是一个严格学术性的讲座，而是思想交流，若是学术探讨我就不讲这个题目了。我是针对当前教育与社会中存在的问题，找一个角度进行思考，"人文精神"成了我的一个武器，我要用它来对付现存的问题。人文精神到底是什么含义，现在各有各的说法，最早出现在二十世纪九十年代初，那时谈"人文精神"是针对知识分子边缘化的问题。我谈的是我的理解。我承认我所理解的人文精神是从古希腊开始的,而狭义的"人文主义"是从文艺复兴开始的。关于中西对比问题,我认为西方有一个尊重精神价值的牢固传统,而这个传统在中国是缺失的,我对中国传统的这个方面确实评价不高。如果说人性分成生物性、社会性、精神性这几个层次,那么,西方从古希腊开始非常强调两头,一方面是肯定人的生命本能,另一方面是肯定人的精神追求,生物性与精神性这两头都很强大,这两头的作用所产生的社会性是一个非常好的社会性,这种社会性给生命本能和精神追求都提供了充分的自由。儒家文化既压抑生命本能,又压抑精神自由,只留中间这一块,我觉得这样的社会性是较差的社会性。

我愿意承认我不是一个哲学家,不但我,恐怕当代中国没有一个人能够放进哲学史里。徐先生认为我谈得空泛,都是一些常识,这我也承认。但是,我觉得可悲的是很多常识的东西在我们这个时代被忘记了,当今的教育就是一个典型例子。在我的概念中,哲学不是纯学术,它应该是生活方式和智慧。大家去看古希腊哲学家的著作,可能很多会被认为是常识性的东西。柏拉图给叙拉古僭主上哲学课,这位僭主评论他的哲学是无聊老人对无知青年的谈话。我们往往喜欢标新立异,弄出一些违背常识的东西,这时候哲学的使命就是提醒我们回到常识。

我今天强调的是精神的东西,但我并不否认物质的东西的作用,我也不否认人文精神包含着对生物性需要的尊重,比如我指出同情心是以利己心为基础的,没有利己心怎能去推己及人,对利己心不能做道德上的批判，既然是本能就是有道理的。我不否认人的动物性，但是我认为不能停留在动物性，人的更高级方面还是精神性。如果要否认这一点，我就不知道说什么好了，因为没有最基本的讨论基础。刚才好几位为动物辩护，我承认我对动物没有研究，可能一些高级的动物也有令人尊敬的品质，但是不能走极端地认为人不如动物。的确有的人不如动物，但在总体上人还是高于动物的。

　　刚才曾老师提了一个问题，认为按照我的观点，学校会成游戏场所。极端的推断会是这样，但我没有那么极端。不过，我仍想强调，学校在一定意义上应该成为游戏场，尤其是小学，大学也应包含这样的成分。游戏的本质是不为功利，只为兴趣做事，我坚持认为，学习应该是这样的，至少学习的最佳状态应该是这样的。

人文精神是大学一切责任的内核

　　杨振宁先生在乌鲁木齐发表谈话，断言中国大学的教育非常成功。此言一出，舆论哗然，一片反对声。有趣的是，以杨先生的巨大名望，也几乎无一人真正为他辩护，至多只是以他说的是"客气话"替他解嘲。我把这看作民意的一个可靠检测，表明国人对于教育现状的不满已经到了何等普遍和不可调和的地步。

　　杨先生赞美中国大学教育的理论依据是他对大学责任的看法。虽然他宣称这是全世界的共识，但我不认为全世界在如此复杂的价值观问题上能够达成共识，因此宁可视为他的个人看法。他把大学的责任归结为三项，即教育年轻人、做尖端研究和为社会服务。我想稍微做一点分析。

　　杨先生说，他先后在美国和中国为大一学生上物理课，发现中国学生比美国学生基础更扎实、学习更努力，比如三角方程式能够脱口而出。究其原因，则是中国学生在中学时代训练题目做得好。根据这个"亲身体会"，他断言："中国对学生的中学时代基础教育是成功的。"又进而断言："从教育年轻人的角度讲，中国大学的本科教育非常成功。"杨先生显然是在赞美中国的应试教育。应试教育当然有其效用，即知识的灌输量大，知识的短时记忆牢固，可是，据此怎么能证明基础教育的成功呢？应试教育所牺牲掉的那些因素，比如好奇心的保护和培养、享受智性快乐的能力、独立思考的能力、分析和解决问题的能力，本应是基础教育更重要的方面，都被杨先生忽略掉了。因此，即使把"教育年轻人"这个角度局限于智育，杨先生对智育的理解也有舍本逐末之嫌。

对一个国家或一所大学来说，其科学研究水平与基础教育水平之间有着直接的联系，基础教育的缺陷必然会在科学研究中反映出来。智育的目标定位于特定知识还是爱因斯坦所说的内在的自由，怀特海所说的在知识面前拥有自由的能力，结果完全不同。从根本上说，西方科学之所以发达，实赖于对于人的智力品质的尊重、对于超越于功利的纯粹智力活动的热爱。在科学研究的领域，中国大学与世界大学的差距悬殊，杨先生无法否认这个有目共睹的事实，但是，由于他回避从文化传统上寻找根源，便简单地把原因归结为"中国经济发展起步较晚"了。

关于大学为社会服务这个责任，杨先生笼统地断言：中国大学对社会的贡献非常大，这一点不容置疑。恰恰这一点遭到了最多的质疑，质疑集中在中国大学教育的不公平性上，尤其是学费猛涨导致的对于贫困阶层的歧视，这种歧视每天都在制造悲剧。我还想从另一角度提出质疑：与社会的尺度相比，教育是否还应该有一个更重要的尺度，即人性的尺度？大学诚然要为社会输送人才，问题在于输送怎样的人才。杜威有一个著名论点：教育即生长，在生长之外别无目的。这就是说，衡量教育成败的标准应是受教育者天性和能力的健康生长。事实上，倘若坚持这个标准，大学就能为社会输送本质上真正优秀的人才，无疑是为社会最好地服务。相反，如果用急功近利的近视眼光看待为社会服务，结果就会像今天这样，把大学办成了一个职业培训场。

其实，上面所说的道理皆是常识，杨振宁先生长期受西方文明熏陶并做出了巨大成就，不可能不懂这些道理。因此，我宁可把他对中国教育现状的赞美看作一时失言。他的失言提供了一个机会，使我们得以重新审视中国教育的现状，这未必不是好事。我的感觉是，他仿佛在用另一种方式提醒我们：人文精神是大学一切责任的内核，丧失人文精神的大学是最不负责任的大学，因而不再是真正的大学。

05

未经省察的人生没有价值

智慧的诞生

一

许多年里，我的藏书屡经更新，有一本很普通的书却一直保留了下来。这是一册古希腊哲学著作的选辑。从学生时代起，它就跟随着我，差不多被我翻破了。每次翻开它，无须阅读，我就会进入一种心境，仿佛回到了人类智慧的源头，沐浴着初生哲学的朝晖。

古希腊是哲学的失去了的童年。人在童年最具纯正的天性，哲学也是如此。使我明白何谓哲学的，不是教科书里的定义，而是古希腊哲人的嘉言懿行。雪莱曾说，古希腊史是哲学家、诗人、立法者的历史，后来的历史则变成了国王、教士、政治家、金融家的历史。我相信他不只是在缅怀昔日精神的荣耀，而且是在叹息后世人性的改变。最早的哲学家是一些爱智慧而不爱王国、权力和金钱的人，自从人类进入成年，并且像成年人那样讲求实利，这样的灵魂是愈来愈难以产生和存在了。

一个研究者也许要详析古希腊各个哲学家之间的差异和冲突，把他们划分为不同的营垒。然而，我只是一个欣赏者。当我用欣赏的眼光观看公元前五世纪前后古希腊的哲学舞台时，首先感受到的是哲学家们一种共同的精神素质，那就是对智慧的热爱、从智慧本身获得快乐的能力，当然，还有承受智慧的痛苦和代价的勇气。

二

在世人眼里，哲学家是一种可笑的人物，每因其所想的事无用、有用的事不想而加嘲笑。有趣的是，当历史上出现第一个哲学家时，这样的嘲笑即随之发生。柏拉图记载：据说泰勒斯仰起头来观看星象，却不慎跌落井内，一个美丽温顺的色雷斯侍女嘲笑说，他急于知道天上的东西，却忽视了身旁的一切。

我很喜欢这个故事。由一个美丽温顺的女子来嘲笑哲学家的不切实际，倒是合情合理的。这个故事必定十分生动，以至被若干传记作家借去安在别的哲学家头上，成了一则关于哲学家形象的普遍性寓言。

不过，泰勒斯可不是一个对于世俗事务无能的人，请看亚里士多德记录的另一则故事：人们因为泰勒斯贫穷而讥笑哲学无用，他听后小露一手，通过观察星象预见橄榄将获丰收，便低价租入当地全部橄榄榨油作坊，到油坊紧张时再高价租出，结果发了大财。他以此表明，哲学家要富起来是极为容易的，如果他们想富的话。然而这不是他们的兴趣所在。

哲学家经商肯定是凶多吉少的冒险，泰勒斯成功靠的是某种知识，而非哲学。但他总算替哲学家争了一口气，证明哲学家不爱财并非嫌葡萄酸。事实上，早期哲学家几乎个个出身望族，却蔑视权势财产。赫拉克利特、恩培多克勒拒绝王位，阿那克萨哥拉散尽遗产，此类事不胜枚举。德谟克里特的父亲是波斯王的密友，而他竟说，哪怕只找到一个原因的解释，也比做波斯王好。

据说"哲学"（philosophia）一词是毕达哥拉斯的创造，他嫌"智慧"（sophia）之称自负，便加上一个表示"爱"的词头（philo），成了"爱智慧"。不管古希腊哲人对于何为智慧有什么不同的看法，爱智慧胜于爱世上一切却是他们相同的精神取向。在此意义上，柏拉图把哲学家称作"一心一意思考事物本质的人"，亚里士多德指出哲学是一门以求知而非实用为目的的自由的学问。遥想当年泰勒斯因为在一个圆内画出直角三角形而宰牛欢庆，毕达哥拉斯因为发现勾股定理而举行百牛大祭，我们便可约略体会古希腊人对于求知本身怀有多么天真的热忱了。这是人类理性带着新奇的喜悦庆祝它自己的觉醒。直到公元前三世纪，古希腊人的爱智慧精神仍有辉煌的表现。当罗马军队攻入叙拉古城的时候，他们发现一个老人正蹲在沙地上潜心研究一个图形。他就是赫赫有名的阿基米德。军人要带他去见罗马统帅，他请求稍候片刻，等他解出答案，军人不耐烦，把他杀了。剑劈来时，他只来得及说出一句话："不要踩坏我的圆！"

三

凡是少年时代迷恋过几何解题的人，对阿基米德大约都会有一种同情的理解。刚刚觉醒的求知欲的自我享受实在是莫大的快乐，令人对其余一切视若无睹。当时的古希腊，才告别天人浑然不分的童稚的神话时代，正如同一个少年人一样惊奇地发现了头上的星空和周遭的万物，试图凭借自己的头脑对世界做出解释。不过，思维力的运用至多是智慧的一义，且是较不重要的一义。神话的衰落不仅使宇宙成了一个陌生的需要重新解释的对象，而且使人生成了一个未知的有待独立思考的难题。至少从苏格拉底开始，古希腊哲人们更多地把智慧视作一种人生觉悟，并且相信这种觉悟乃是幸福的唯一源泉。

苏格拉底，这个被雅典美少年崇拜的偶像，自己长得像个丑陋的脚夫，秃顶，宽脸，扁阔的鼻子，整年光着脚，裹一条褴褛的长袍，在街头游说。走过市场，看了琳琅满目的货物，他吃惊地说："这里有多少东西是我用不着的！"

是的，他用不着，因为他有智慧，而智慧是自足的。若问何为智慧，我发现古希腊哲人们往往反过来断定自足即智慧。在他们看来，人生的智慧就在于自觉限制对于外物的需要，过一种简朴的生活，以便不为物役，保持精神的自由。人已被神遗弃，全能和不朽均成梦想，唯在无待外物而获自由这一点上尚可与神比攀。苏格拉底说得简明扼要："一无所需最像神。"柏拉图理想中的哲学王既无恒产，又无妻室，全身心沉浸在哲理的探究中。亚里士多德则反复论证哲学思辨乃唯一的无所待之乐，因其自足性而是人唯一可能过上的"神圣的生活"。

但万事不可过头，自足也不例外。犬儒派哲学家偏把自足推至极端，把不待外物变成了拒斥外物，简朴变成了苦行。最著名的是第欧根尼，他不要居室食具，学动物睡在街面，从地上捡取食物，乃至在众目睽睽下排泄和做爱。自足失去向神看齐的本意，沦为与兽认同，哲学的智慧被勾画成了一幅漫画。当第欧根尼声称从蔑视快乐中所得到的乐趣比从快乐本身中所得到的还要多时，再粗糙的耳朵也该听得出一种造作的意味。难怪苏格拉底忍不住要挖苦他那位创立了犬儒学派的学生安提西尼说："我从你外衣的破洞可以看穿你的虚荣心。"

学者们把古希腊伦理思想划分为两条线索，一是从赫拉克利特、苏格拉底、犬儒派到斯多亚派的苦行主义，另一是从德谟克里特、昔勒尼派到伊壁鸠鲁派的享乐主义。其实，两者的差距并不如想象的那么大。德谟克里特和伊壁鸠鲁都把灵魂看作幸福的居所，主张物质生活上的节制和淡泊，只是他们并不反对享受来之容易的自然的快乐罢了。至于号称享乐学派的昔勒尼派，其首领亚里斯提卜同样承认智慧在大多数情况下能带来快乐，而财富本身并不值得追求。有人把他带到豪宅里并警告他不得吐痰时，他把唾沫吐在那人脸上，轻蔑地说道，在铺满大理石的地板上实在找不到一个更适合于吐痰的地方。垂暮之年，他告诉他的女儿兼学生阿莱特，他留下的最宝贵的遗产乃是"不要重视非必需的东西"。

对希腊人来说，哲学不是一门学问，而是一种以寻求智慧为目的的生存方式，质言之，乃是一种精神生活。我相信这个道理千古不易。一个人倘若不能从心灵中汲取大部分的快乐，他算什么哲学家呢？

四

当然，哲学给人带来的不只是快乐，更有痛苦。这是智慧与生俱来的痛苦，从一开始就纠缠着哲学，永远不会平息。

想一想普罗米修斯窃火的传说或者亚当偷食智慧果的故事吧，几乎在一切民族的神话中，智慧都是神的特权，人获得智慧都是要受惩罚的。在神话时代，神替人解释一切，安排一切。神话衰落，哲学兴起，人要自己来解释和安排一切了，他几乎在踌躇满志的同时就发现了自己力不从心。面对动物或动物般生活着的芸芸众生，觉醒的智慧感觉到一种神性的快乐。面对宇宙大全，他却意识到了自己的局限，不得不承受由神性不足造成的痛苦。人失去了神，自己却并不能成为一个神，或者，用爱默生的话说，只是一个破败中的神。

所谓智慧的痛苦，主要不是指智慧面对无知所感觉到的孤独或所遭受的迫害。在此种情形下，智慧毋宁说是更多地感到一种属于快乐性质的充实和骄傲。智慧的痛苦来自内在于它自身的矛盾。古希腊哲人一再强调，智慧不是知识，不是博学。再博学的人，他所拥有的也只是对于有限和暂时事物的知识。智慧却是要把握无限和永恒，由于人本身的局限，这个目标永远不可能真正达到。

大多数早期哲学家对于人认识世界的能力都持不信任态度。例如，恩培多克勒说，人"当然无法越过人的感觉和精神"，而哲学所追问的那个“全体是很难看见、听见或者用精神掌握的”。德谟克里特说：“实际上我们丝毫不知道什么，因为真理隐藏在深渊中。”请注意，这两位哲学家历来被说成坚定的唯物论者和可知论者。

说到对人自己的认识，情形就更糟。有人问泰勒斯，世上什么事最难，他答：“认识你自己。”苏格拉底把哲学的使命限定为“认识你自己”，而他认识的结果却是发现自己一无所知，于是得出结论“人的智慧微乎其微，没有价值”，而认识到自己的智慧没有价值，也就是人的最高智慧之所在了。

当苏格拉底承认自己“一无所知”时，他所承认无知的并非政治、文学、技术等专门领域，而恰恰是他的本行——哲学，即对世界和人生的底蕴的认识。其实，在这方面，人皆无知。但是，一般人无知而不自知其无知。对于他们，当然就不存在所谓智慧的痛苦。一个人要在哲学方面自知其无知，前提是他已经有了寻求世界和人生之根底的热望。而他之所以有这寻根究底的热望，必定对于人生之缺乏根底已经感到了强烈的不安。仔细分析起来，他又必定是在意识到人生缺陷的同时即已意识到此缺陷乃是不可克服的根本性质的缺陷，否则他就不至于如此不安了。所以，智慧从觉醒之日起就包含着绝望。

以爱智慧为其本义的哲学，结果却是否定智慧的价值，这真是哲学的莫大悲哀。然而，这个结果命中注定，在劫难逃。哲学所追问的那个一和全，绝对，终极，永恒，原是神的同义语，只可从信仰中得到，不可凭人的思维能力求得。除了神学，形而上学如何可能？走在寻求本体之路上的哲学家，到头来不是陷入怀疑主义，就是倒向神秘主义。在精神史上，苏格拉底似乎只是荷马与基督之间的一个过渡人物。神话的直观式信仰崩溃以后，迟早要建立宗教的理智式信仰，以求给人类生存提供一个整体的背景。智慧曾经在襁褓中沉睡而不知痛苦，觉醒之后又不得不靠催眠来麻痹痛苦，重新沉入漫漫长夜。到了近代，基督教信仰崩溃，智慧再度觉醒并发出痛苦的呼叫，可是人类还能造出什么新式的信仰呢？

不过，尽管人的智慧有其局限，爱智慧并不因此就属于徒劳。其实，智慧正是人超越自身局限的努力，唯凭此努力，局限才显现了出来。一个人的灵魂不安于有生有灭的肉身生活的限制，寻求超越的途径，不管他的寻求有无结果，寻求本身已经使他和肉身生活保持了一个距离。这个距离便是他的自由，他的收获。智慧的果实似乎是否定性的：理论上——"我知道我一无所知"；实践上——"我需要我一无所需"。然而，达到了这个境界，在谦虚和淡泊的哲人胸怀中，智慧的痛苦和快乐业已消融为一种和谐的宁静了。

五

人们常说：希腊人尊敬智慧，正如印度人尊敬神圣，意大利人尊敬艺术，美国人尊敬商业一样；希腊的英雄不是圣者、艺术家、商人，而是哲学家。这话仅在一定程度上是对的。例如，泰勒斯被尊为七贤之首，名望重于立法者梭伦；德谟克里特高龄寿终，城邦为他举行国葬。但是，我们还可找到更多相反的例子，证明希腊人迫害起哲学家来，其凶狠绝不在别的民族之下。雅典人不仅处死了本邦仅有的两位哲学家之一——伟大的苏格拉底，而且先后判处来自外邦的阿那克萨哥拉和亚里士多德死刑，迫使他们逃亡，又将普罗塔哥拉驱逐出境，焚毁其全部著作。毕达哥拉斯和他的四十余名弟子，除二人侥幸逃脱外，全部被克罗托内城的市民捕杀。赫拉克利特则差不多是饿死在爱非斯郊外的荒山中的。

希腊人真正崇拜的并非精神上的智者，而是肉体上的强者——运动员。四年一届的奥林匹克运动会上的优胜者不但可获许多奖金，而且名满全希腊，乃至当时希腊历史纪年也以他们的名字命名。克塞诺芬尼目睹此情此景，不禁提出抗议："这当然是一种毫无根据的习俗，重视体力过于重视可贵的智慧，乃是一件不公道的事情。"这位哲学家平生遭母邦放逐，身世对照，自然感慨系之。仅次于运动员，出尽风头的是戏剧演员，人们给竞赛获奖者戴上象牙冠冕，甚至为之建造纪念碑。希腊人实在是一个爱娱乐远胜于爱智慧的民族。然而，就人口大多数言，哪个民族不是如此？古今中外，老百姓崇拜的都是球星、歌星、影星之类，哲学家则难免要坐冷板凳。对此不可评其对错，只能说人类天性如此，从生命本能的立场看，也许倒是正常的。

令人深思的是，希腊哲学家之受迫害，往往发生在民主派执政期间，通过投票做出判决，且罪名一律是不敬神。哲人之为哲人，就在于他们对形而上学问题有独立的思考，他们思考的结果却要让从不思考这类问题的民众来表决，其命运就可想而知了。民主的原则是少数服从多数，哲学家却总是少数，确切地说，总是天地间独此一人，所需要的恰恰是不服从多数也无须多数来服从他的独立思考的权利，这是一种超越于民主和专制之政治范畴的精神自由。对哲学家来说，不存在最好的制度，只存在最好的机遇，即一种权力对他的哲学活动不加干预，至于这权力是王权还是民权好像并不重要。

在古希腊，至少有两位执政者是很尊重哲学家的。一位是雅典民主制的缔造者伯里克利，据说他对阿那克萨哥拉怀有"不寻常的崇敬和仰慕"，执弟子礼甚勤。另一位是威震欧亚的亚历山大大帝，他少年时师事亚里士多德，登基后仍尽力支持其学术研究，并写信表示："我宁愿在优美的学问方面胜过他人，而不愿在权力统治方面胜过他人。"当然，事实是他在权力方面空前地胜过了他人。不过，他的确是一个爱智慧的君主。如果说阿那克萨哥拉和亚里士多德有幸成为王者师，还有若干哲学家则颇得女人的青睐。首创女校和沙龙的阿斯帕西娅是西方自由女性的先驱，极有口才，据说她曾与苏格拉底同居并授以雄辩术，后来则成了伯里克利的伴侣。一代名妓拉依斯，各城邦如争荷马一样争为其出生地，身价极高，她却甘愿无偿惠顾第欧根尼。另一位名妓弗里妮，平时隐居在家，出门遮上面纱，轻易不让人睹其非凡美貌，却因倾心于柏拉图派哲学家克塞诺克拉特之清名，竟主动到他家求宿。伊壁鸠鲁的情妇兼学生李昂馨，也是一位多才多艺的妓女。在当时的雅典，这些风尘女子是妇女中文化和情趣的佼佼者，见识远在一般市民之上，遂能慧眼识哲人。

如此看来，希腊哲学家的境遇倒是值得羡慕的了。试问今日有哪个亚历山大会师事亚里士多德，有哪个拉依斯会宠爱第欧根尼？当然，你一定会问：今日的亚里士多德和第欧根尼又在哪里？那么，应该说，与后世相比，古希腊人的确称得上尊敬智慧，古希腊不愧是哲学和哲学家的黄金时代。

玩骰子的儿童

一

公元前六世纪左右，在希腊殖民的伊奥尼亚地区有两个最著名的城邦，一是米利都，一是爱非斯。这两个城邦都地处繁荣的港口，盛产商人。然而，它们之所以青史留名，则是因为出产了一个比商人稀有得多的品种——哲人。米利都向人类贡献了最早的哲学家泰勒斯、阿那克西曼德和阿那克西美尼，史称米利都学派。比较起来，哲学家在爱非斯就显得孤单，史无爱非斯学派，只有一位爱非斯的赫拉克利特。

这倒适合赫拉克利特的脾气，他生性孤傲，不屑与任何人为伍。希腊哲学家讲究师承，唯独他前无导师，后无传承，仿佛天地间偶然蹦出了这一个人。他自己说，他不是任何人的学生，从自己身上就学到了一切。他也的确不像别的哲学家那样招收门徒，延续谱系。他一定是一个独身者，文献中找不到他曾经结婚的蛛丝马迹。世俗的一切，包括家庭、财产、名声、权力，都不在他的眼里。当时爱非斯处在波斯帝国的统治下，国王大流士一世慕名邀他进宫，他回信谢绝道："我惧怕显赫，安于卑微，只要这卑微适宜于我的心灵。"其实他的出身一点也不卑微，在爱非斯首屈一指，是城邦的王位继承人，但他的灵魂更是无比高贵，足以使他藐视人世间一切权力，把王位让给了他的弟弟。

在赫拉克利特的人际关系中，我们只知道他有过一个好友，名叫赫谟多洛。赫谟多洛是一位政治家，在城邦积极推进恢复梭伦所立法律的事业，结果被爱非斯人驱逐。这件事给赫拉克利特的刺激必定极大，使他对公众的愚昧和多数的暴力产生了深深的厌恶。针对此事，他悲愤地说："应该把爱非斯的成年人都吊死，把城邦交给少年人管理，因为他们驱逐了他们中间那个最优秀的人。"也许在这之后，赫拉克利特与全爱非斯人决裂了，过起了离群索居的生活，成了一个隐士。

在爱非斯城郊有一座阿耳忒弥斯神庙，供奉月亮和狩猎女神。赫拉克利特在世时，神庙处在第二次重建中，这项工程历时一百二十年，终于建成为早期伊奥尼亚式最壮丽的建筑、到那时为止全希腊最大的神殿，被后人列为世界七大奇观之一。赫拉克利特的隐居所就在这座神庙附近。可以想象，当时由于正在施工，它实际上是一片工地，孩子们便常来这里玩耍。我们的哲学家也和孩子们一起玩耍，玩得最多的是掷用羊距骨做的骰子。在爱非斯人眼里，一个成年人不干正事，成天和孩子们一起扔动物骨头，不啻是疯子的行径。于是，全城的人都拥来瞧热闹、起哄、嘲笑。这时候，疯子向喧嚣的人群抛出了一句无比轻蔑的话："无赖，有什么可大惊小怪的！这岂不比和你们一起搞政治更正当吗？"阿耳忒弥斯神庙建成后六十余年即毁于火灾，不复存在，而这一句警语却越过岁月的废墟，至今仍在我的耳边回响。

后来，赫拉克利特越发愤世嫉俗，竟至于不愿再看见人类，干脆躲进了深山，与禽兽为伍，以草根树皮为食，患了水肿病，在六十岁上死了。

二

哲学家往往和世俗保持相当远的距离，站在这距离之外看俗界世相，或者超然而淡漠，或者豁达而宽容。古希腊哲人大多如此，他们生活在自己的世界里，懒得与俗人较真。苏格拉底虽然在最后时刻不向俗人屈服，从容就义，但平时的态度十分随和，最多只是说几句聪明的挖苦话罢了。哲学家愤世嫉俗，似乎有失哲人风度。在古希腊，常有城邦驱逐哲学家的事发生，然而，像赫拉克利特这样自我放逐于城邦的情形却绝无仅有。纵观西方哲学史，也能找出少数以愤世嫉俗著称的哲学家，例如叔本华和尼采，但都远没有弄到荒山穴居做野人的地步。在古今哲学家中，赫拉克利特实为愤世嫉俗之最。

赫拉克利特显然是一个有严重精神洁癖的人。他虽然鄙弃了贵族的地位和生活，骨子里却是一个贵族主义者。不过，他心目中的贵族完全是精神意义上的。在他看来，区分人的高贵和卑贱的唯一界限是精神，是精神上的优秀或平庸。他明确宣布，一个优秀的人抵得上一万人。他还明确宣布，多数人是坏的，只有极少数人是好的。他所说的优劣好坏仅指灵魂，与身份无关。"最美丽的猴子与人相比也是丑陋的。"我从这句话中听出的意思是：那些没有灵魂的家伙，不管在社会上多么风光，仍是一副丑相。

赫拉克利特生前有诸多绰号，其中之一是"辱骂群众的人"。他的确看不起芸芸众生，在保存下来的不多言论中，有好些是讥讽庸众的。他说："如果幸福在于肉体的快感，那么牛找到草料吃的时候便是幸福的""驴子宁要草料不要黄金""猪在污泥中取乐"。通常把这些话的含义归结为价值的相对性，未免肤浅。当他说着这些话的时候，他显然不只是在说牛、驴子和猪，而一定想到了那些除了物质享乐不知幸福为何物的人。庸众既不谙精神的幸福，亦没有真正的信仰。他们的所谓信仰，不过是世俗的欲望加上迷信，祭神时所祈求的全是非常实在的回报。即使真有神存在，也绝不会如俗人所想象，能够听见和满足他们的世俗欲望。看到人们站在神殿里向假想的神祈祷，赫拉克利特觉得他们就像在向房子说话一样愚蠢可笑。他是最早把宗教归于个人内心生活的思想家之一，宣称唯有"内心完全净化的人"才有真信仰，这样的人摈弃物质的祭祀，仅在独处中与神交流。

最使赫拉克利特愤恨的是庸众的没有头脑。"多数人对自己所遇到的事情不做思考，即使受到教训后也不明白，虽然自以为明白。"人们基本上是人云亦云，"相信街头卖唱的人"，受意见的支配，而意见不过是"儿戏"。更可悲的是，在普遍的无知之中，人们不以无知为耻，反以为荣。常常可以看见这样的人，他们脑中只有一些流行的观念和浅薄的常识，偏喜欢在大庭广众之中当作创见宣布出来。仿佛是针对他们，赫拉克利特说："掩盖自己的无知要比公开表露好些。"理由不言而喻：无知而谦卑表明还知耻，无知而狂妄则是彻头彻尾的无耻了。

在赫拉克利特看来，多数人的灵魂是蒙昧的。不过，公平地说，他倒并不认为先天就是如此。他明确地说："理性能力是灵魂所固有的"，"人人都有认识自己和健全思考的能力"。然而，人们不去发展灵魂中这种最宝贵的能力，运用它认识世界的真理，反而任其荒废，甘愿生活在内部和外部的黑暗之中。灵魂蒙昧的人如同行尸走肉，用一句谚语来说，便是"人虽在场却不在场"，在场的只是躯体，不在场的是灵魂。没有灵魂的引导，眼睛和耳朵就成了坏的见证，只会对真理视而不见、听而不闻了。"他们既不懂得怎样听，也不懂得怎样说"，"即使听见了，也不理解，就像聋子一样"。上帝不给你头脑倒也罢了，可恨的是给了你头脑而你偏不用，仍像没有头脑一样地活着。赫拉克利特实在是恨铁不成钢。铁本来是可以成为钢的，所以才恨铁不成钢，没有人会恨废料不成钢。可是，看来许多铁已与废料无异，不可能成为钢了。赫拉克利特经常用醒和睡做譬。举目四望，他是唯一的醒者，众人皆昏睡，唤也唤不醒。最后，他终于绝望了，抛弃了这些昏睡者，也抛弃了人类。

三

赫拉克利特不但蔑视群众，还蔑视在他之前和与他同时的所有哲学家。倘若他活到今天，我相信他还会蔑视在他之后的绝大多数哲学家。在他眼里，希腊自荷马以来几乎没有一个智慧的人。在说出"博学不能使人智慧"这句名言之后，他把赫西奥德、毕达哥拉斯、克塞诺芬尼举作了例子。听了许多同时代人的讲演，他断定其中没有一个人知道何为智慧。那么，究竟什么是智慧呢？他说就是"认识那驾驭一切的思想"，简要地说，就是"认识一切是一"。这听起来好像一点也不新鲜。寻找多中之一，原是哲学的题中应有之义，自泰勒斯以来，包括被他举作不智慧典型的毕达哥拉斯、克塞诺芬尼在内，哲学家们都在做这件事。赫拉克利特的独特之处在哪里？

一切皆变，生命无常，这是人类生存所面临的一个基本事实。这个事实给人类生存的意义打上了问号，而人类之所以需要哲学，正是为了摆脱这个问号。绝大多数哲学家的办法是，在变易背后寻找一个不变的东西，名之为本原、本体、实体、本质等等，并据此把变易贬为现象。正是在这一点上，赫拉克利特显示了他的与众不同。他对变易极其敏感，任何静止的假象都骗不了他，他眼中的世界是一条永不停息的河流，人不能两次踏进去，甚至不能一次踏进去，因为在踏进的瞬间它已发生变化。他不但看见变易，而且相信感官的证据，也只承认变易。即使从整体上把握，世界也仍是一个无始无终的变化过程。变是唯一的不变之事，在变的背后并不存在一个不变之物。所谓"一切是一"中的"一"，不是一个超越于变化的实体，而就是这个永恒的变化过程。当赫拉克利特用"永恒的活火"来称呼这个过程时，应该说是找到了一个确切的象征。火不是实体，而是燃烧和熄灭、作用和过程。"永恒的活火"就是永恒的变易，无始无终的创造和毁灭。总之，变易是世界的唯一真理，除了变易，别无所有。

可是，对人类来说，这样一种世界观岂不太可怕了一些？如果变易就是一切，世界没有一个稳定的核心、一个我们可以寄予希望的彼岸，我们如何还有生活下去的信心？一个人持有这样的世界观，就不可避免地会厌世，看破一切暂时之物的无价值。赫拉克利特也许就是这样。我听见他说出了一句冷酷的话："时间是一个玩骰子的儿童，儿童掌握着王权！"如此看来，当他在阿耳忒弥斯神庙旁和孩子们一起玩骰子时，他哪里是在游戏，简直是在从事一种"行为哲学"。我仿佛看见他以鄙夷的目光望着围观的爱非斯人，又越过围观者望着人类，冷笑道：人类呵，你们吃着、喝着、繁殖着、倾轧着，还搞什么政治，自以为是世界的主人，殊不知你们的命运都掌握在一个任性的孩子手里，这孩子就是时间，它像玩骰子一样玩弄着你们的命运，使你们忽输忽赢，乍悲乍喜，玩厌了一代人，又去玩新的一代，世世代代的人都要被它玩弄，被它抛弃……

然而，对于这同一句话，有一个哲学家听出了另一种全然不同的意思。跨越两千多年的时空，尼采在赫拉克利特这里找到了他的唯一的哲学知己。他相信，当赫拉克利特和顽童们游戏时，心中所想的是宇宙大顽童宙斯的游戏。作为永恒变易过程的宇宙，它就是一个大顽童，创造着也破坏着，创造和破坏都是它的游戏，它在万古岁月中以这游戏自娱。我们如果感受到了它的游戏的快乐，就不会为生存的短暂而悲哀了。一切暂时之物都是有价值的，按照尼采的说法，即是审美的价值，因为孩子在游戏时就是艺术家，游戏的快乐就是审美的快乐。

　　有道理吗？也许有一点。永恒的活火对于我们的生存既是判决，又是辩护。它判决我们的生存注定是暂时的，断绝了通往永恒的一切路径。同时，正因为它废除了彼岸，也就宣告无须等到天国或来世，就在此时此刻，我们的生存已经属于永恒，是宇宙永恒变易过程的一个片段。然而，即便如此，做永恒活火的一朵瞬间熄灭的火苗，这算什么安慰呢？事实上，我在赫拉克利特身上并没有发现所谓的审美快乐，毋宁说他是冷漠的。他超出人类无限远，面对人类仿佛只是面对着幻象，以至于尼采也把他比喻为"一颗没有大气层的星辰"。对我来说，赫拉克利特的世界观是可信而不可爱的，因为我不可能成为玩骰子的宇宙大顽童本人，又不甘心只在它某一次掷骰子的手势中旋生旋灭。

四

　　"那个在德尔斐庙里发布谶语的大神既不挑明，也不遮掩，而只是用隐喻暗示。"赫拉克利特如是说。其实他自己与阿波罗神有着相同的爱好。

　　赫拉克利特著述不多，据说只有一部，不像后来的希腊哲学家，几乎个个是写作狂，作品清单一开百八十部。流传下来的则更少，皆格言式，被称为残篇，但我相信那就是他本来的写作形式。大约因为料定无人能读懂，他把作品藏在阿耳忒弥斯神庙里，秘不示人。身后不久，这些作品流散开来，使他获得了晦涩哲人的名号。苏格拉底读到过，承认自己只读懂了一部分，但意识到了这是一个宝藏，对欧里庇得斯说，若要领会其中妙处，就必须"像一个潜水探宝者那样深入到它的底部去"。亚里士多德也读到过，他的严格的修辞学头脑却接受不了这些神谕式的文字，抱怨读不懂甚至无法断句。

从保存下来的文字看，其实不可一概而论。其中，有一些十分通俗明白，例如："不要对重要的事情过早下判断""获得好名誉的捷径是做好人""在变化中得到休息，服侍同一个主人是疲劳的"。有一些言简意赅，耐人寻味，例如："我寻找过我自己""性格就是命运"。还有一些就很费猜测了，例如："灵魂在地狱里嗅着""凡是在地上爬行的东西，都被神的鞭子赶到牧场上去"。其间明晦的差别，显然是因为话题的不同，本来简单的就不要故弄玄虚，本来深奥的就无法直白。不过，无论哪一种情况，我们都看到，共同的特点是简练。第欧根尼·拉尔修辑录的赫氏言行是后世了解这位哲学家的最主要来源之一，他虽也谈及了人们对其文风的非议，但仍赞扬道："他的表达的简洁有力是无与伦比的。"这是公正的评价，在相当高程度上至今仍然适用。我们至少可以把赫拉克利特看作西方哲学中格言体的始祖，而把奥勒留、帕斯卡、尼采等人看作他的优秀的继承者。

就哲学写作而言，我认为简练是一个基本要求。简练所追求的正是不晦涩，即用最准确因而也就是最少而精的语言表达已经想清楚的道理。无能做到简练，往往是因为思想本来不清晰，或者缺乏捕捉准确语言的能力，于是不得不说许多废话。更坏的是故弄玄虚，用最复杂的语言说最贫乏的内容，云山雾罩之下其实空无一物，转弯抹角之后终于扑了一空。然而，在不动脑子的读者眼里，简练很容易被看作晦涩。这也正是赫拉克利特的命运。简练之所以必要，理由之一恰恰是要让这样的读者看不懂，防止他们把作者的深思熟虑翻译成他们的日常俗见。一个珍爱自己思想的哲学家应该这样写作：一方面，努力让那些精致的耳朵听懂每一句话；另一方面，绝不为了让那些粗糙的耳朵听懂——它们反正听不懂——而多说一句不必要的话。如此写出的作品，其风格必是简练的。

在涉及某些最深奥的真理时，晦涩也许是不可避免的。赫拉克利特说："自然喜欢躲藏起来。"这句话本身是隐喻，同时也阐释了隐喻的理由。我从中听出了两层含义：第一，自然是顽皮的，喜欢和寻找它的人捉迷藏；第二，自然是羞怯的，不喜欢暴露在光天化日之下。所以，在接近自然的奥秘时，一个好的哲人应当怀有两种心情，既像孩子一样天真好奇，又像恋人一样体贴小心。他知道真理是不易被捉到，更不可被说透的。真理躲藏在人类语言之外的地方，于是他只好说隐喻。

未经省察的人生没有价值

一

公元前 399 年春夏之交某一天，雅典城内，当政的民主派组成了一个五百零一人的法庭，审理一个特别的案件。被告是哲学家苏格拉底（前 469—前 399），此时年已七十，由于他常年活动在市场、体育场、手工作坊等公共场所，许多市民都熟悉他。审理在当天完成，结果是他以不敬神和败坏青年的罪名被判处死刑。这是人类历史上最怪诞的一页，一个人仅仅因为他劝说同胞过更好的生活，就被同胞杀害了。雅典是哲学的圣地，但看来不是哲学家的乐园，出身本邦的哲学家只有两个，苏格拉底被处死，年轻的柏拉图在老师死后逃到了国外。这又是人类历史上最光荣的一页，一个人宁死不放弃探究人生真理的权利，为哲学殉难，证明了人的精神所能达到的高度。

正因为出了苏格拉底，雅典才不愧是哲学的圣地。

多亏柏拉图的生花妙笔，把当年从审判到执行的整个过程栩栩如生地记述了下来，使我们今天得以领略苏格拉底在生命最后时刻的哲人风采。柏拉图师从苏格拉底十年，当时二十八岁，审判时在场，还上台试图为老师辩护，法官嫌他年轻把他轰了下来。评家都承认，柏拉图太有文学才华，记述中难免有虚构的成分。他大约早就开始记录老师的言论，据说有一次朗读给苏格拉底听，苏格拉底听罢说道："我的天，这个年轻人给我编了多少故事！"尽管如此，评家又都承认，由于他自己是大哲学家，能够理解老师，他的证词远比色诺芬所提供的可靠。色诺芬也是苏格拉底的学生，但毫无哲学天赋，审判时又不在场，老师死后，深为扣在老师头上的两个罪名苦恼，要替老师洗清，在回忆录中把苏格拉底描绘成一个虔敬守法的平庸之辈。英国学者伯奈特说："色诺芬为苏格拉底做的辩护实在太成功了，如果苏格拉底真是那个样子，就绝不会被判死刑。"英国哲学家罗素仿佛从中吸取了教训，表明态度："如果需要让人复述我的话，我宁愿选一个懂哲学的我的死敌，而不是一个不懂哲学的我的好友。"不过他倒不必有这个担忧，因为虽然苏格拉底述而不作，却惊人地多产，哪里还有别人复述的余地。

现在，我们主要依据柏拉图的记述，在若干细节上参考色诺芬的回忆，来察看这个案子的来龙去脉。原告有三人。跳在台前的是无名诗人美勒托，长一根鹰钩鼻，头发细长，胡须稀疏，一看就是个爱惹是生非的家伙。还有一个无名演说家，名叫莱康。实际主使者是皮匠安尼图斯，一个活跃的政客，终于当上了民主政权二首领之一。他的儿子是苏格拉底的热心听众，常常因此荒废皮革作业，使他十分恼火。在他政坛得势之后，苏格拉底曾挖苦他说："现在你用不着再让儿子做皮匠了吧。"这更使他怀恨在心，遂唆使美勒托提起诉讼。事情的起因看上去小得不能再小，似乎是个别人泄私愤，何以竟能够掀起偌大波澜，终于要了苏格拉底的命？

其实，安尼图斯之流恼恨苏格拉底，多少代表了一般市民的情绪。苏格拉底喜在公共场所谈论哲学，内容多为质疑传统的道德、宗教和生活方式，听众又多是像安尼图斯的儿子这样的青年。雅典的市民是很保守的，只希望自己的孩子恪守本分，继承父业，过安稳日子。像苏格拉底这样整天招一帮青年谈论哲学，不务正业，在他们眼里就已经是败坏青年了，因此，一旦有人告状，他们很容易附和。当然，把一个哲学家——不管是不是苏格拉底——交给几百个不知哲学为何物的民众去审判，结局肯定凶多吉少。

苏格拉底之处于劣势，还有一层原因，便是在场的审判员们早在年少时就听惯流言，形成了对他的成见。他对此心中有数，所以在申辩一开始就说，那些散布流言的人是更可怕的原告，因为他们人数众多，无名无姓，把他置于无法对质却又不得不自辩的境地。他说他只知道其中有一个喜剧作家，他未点名，不过谁都明白是指阿里斯托芬。二十四年前，阿里斯托芬在喜剧《云》中把苏格拉底搬上舞台，刻画成一个满口胡诌天体理论的自然哲学家和一个教青年进行可笑诡辩的智者。在观众心目中，前者所为正是不敬神，后者所为正是败坏青年，二者合并成丑化了的苏格拉底形象。真实的苏格拉底恰与二者有别，他把哲学从天上引回了人间，从言辞引向了实质，但观众哪里顾得上分辨。苏格拉底是阿里斯托芬的朋友，当年喜剧上演时，他还去捧场，台上的苏格拉底出场，观众席上的他凑趣地站起来亮相，实在憨得可以。他和阿里斯托芬大约都没有料到，爱看戏不爱动脑子的老百姓会把戏说当真，以讹传讹，添油加醋，终于弄到使他有口莫辩的地步。

二

平心而论，在审判之初，无论三个原告，还是充当判官的民众，都未必想置苏格拉底于死地。他们更希望的结果毋宁是迫使苏格拉底屈服，向大家认错，今后不再聚众谈论哲学，城邦从此清静。可是，苏格拉底仿佛看穿了他们的意图，偏不示弱，以他一向的风格从容议论，平淡中带着讥刺，雄辩而又诙谐。这种人格上和智力上的高贵真正激怒了听众，他申辩时，审判席上一阵阵骚动，矛盾越来越激化。

苏格拉底大约一开始就下定了赴死的决心。美勒托准备起诉的消息传开，有同情者见他毫不在乎，行为无异于往常，便提醒他应该考虑一下如何辩护，他回答："难道你不认为我一生都在做这件事，都在思考什么是正义、什么是非正义，在实行正义和避免非正义，除此之外什么也没有做吗？"他的确用不着准备，只需在法庭上坚持他一贯的立场就行了。当然，他完全知道，这样做的后果是什么。他比原告和法官更清醒地预见到了结局，审判实质上是遵照他的意志进展的。他胸有成竹，一步步把审判推向高潮，这高潮就是死刑判决。

按照程序,审判分两段。第一段是原告提出讼词,被告提出辩护,审判员投票表决是否有罪。在这一段,苏格拉底回顾了自己从事街头哲学活动的起因和经历,断言这是神交给他的使命。人们的愤恨本来就集中在这件事上,倘若他想过关,至少该稍稍显示灵活的态度,他却一点余地不留,宣布道:"神派我一生从事哲学活动,我却因怕死而擅离职守,这才荒谬。雅典人啊,我敬爱你们,可是我要服从神过于服从你们。只要我一息尚存,就决不放弃哲学。"他把自己比作一只牛虻,其职责是不停地叮咬人们,唤醒人们,使人们对专注于钱财和荣誉、不在意智慧和灵魂的生活感到羞愧。

原则不肯放弃,还有一个方法能够影响判决。按雅典的惯例,被告的妻儿可以到庭恳求轻判,这种做法往往有效。苏格拉底有妻子,有三个儿子,其中两个还年幼,但他不让他们到庭。他不屑于为此,讽刺说:"我常见有声望的人受审时做出这种怪状,演这种可怜戏剧,他们是邦国之耻。"投票的结果是以二百八十一票比二百二十票宣告他有罪。票数相当接近,说明在场不少人还是同情他的。

审判进入第二段,由原告和被告提议各自认为适当的刑罚,审判员进行表决,在二者中择一。美勒托提议判处死刑。苏格拉底说:"我提议用什么刑罚来代替呢?像我这样对城邦有贡献的人,就判我在专门招待功臣和贵宾的国宾馆用餐吧。"说这话是存心气人,接下来他有些无奈地说:我每日讨论道德问题,省察自己和别人,原是于人最有益的事情,可是一天之内就判决死刑案件,时间太短,我已无法让你们相信一个真理了,这个真理就是"未经省察的人生没有价值"。

要逃避死刑，有一个通常的办法，就是自认充分的罚款。只要款额足够大，审判员往往宁愿选择罚款而不是死刑。说到这一层，苏格拉底表示，他没有钱，或许只付得起一个银币。这是事实，他荒废职业，整日与人谈话，又从不收费，怎能不穷。不过，他接着表示，既然在场的柏拉图、克里托等人愿为他担保，劝他认三十个银币，他就认这个数吧。这个数也很小，加上他的口气让人觉得是轻慢法庭，把审判员们有限的同情也消除了。人们终于发现，最省事的办法不是听他的劝反省自己，而是把这个不饶人的家伙处死。

判决之后，苏格拉底做最后的发言。他说：我缺的不是言辞，而是厚颜无耻，哭哭啼啼，说你们爱听的话。你们习惯看到别人这样，但这种事不配我做。"逃死不难，逃罪恶难，罪恶追人比死快。我又老又钝，所以被跑慢的追上；你们敏捷，所以被跑快的追上。我们各受的惩罚，合当如此。"然后，又以他特有的反讽委托判官们一件事，"我儿子长大后，如果关注钱财先于德行，没有出息而自以为有出息，请责备他们，一如我之责备你们。"这篇著名辩词用一句无比平静的话结束："分手的时候到了，我去死，你们去活，谁的去路好，唯有神知道。"

三

每年的德利阿节，雅典政府要派出朝圣团乘船渡海，去阿波罗诞生地德洛斯祭祀，法律规定朝圣团未返回就不得行刑。对苏格拉底的审判是在船出发的第二天进行的，因此他必须在监狱里等候一些日子。趁着船没有回来，让我们就近观察一下这位哲学家，回顾一下他的身世和行状。

首先引起我们注意的是他的奇特长相。虽然他生在雅典，却完全不像是一个希腊人。他有一张扁平脸，一个宽大的狮鼻，两片肥厚的嘴唇。这张脸丑得如此与众不同，以至于一个会看相的异邦人路过雅典，看见了他，当面说他是一个怪物。他有一个大肚子，但身体壮实，与人谈话时总是侧低着头，目光炯炯，像一头公牛。

他出身贫贱，父亲是雕刻匠，母亲是接生婆。子承父业，他自己年轻时也以雕刻为业，据说雅典卫城入口处的美惠女神群像就是他的作品。不过，他对这门行业颇有微词，嘲笑雕刻匠尽力把石块雕刻得像人，在自己身上却不下功夫，结果使自己看上去像是石块而不是人了。为了维持起码的生计，他大约仍不免要雕刻石块，但更多的时候干起了雕刻人的灵魂的行当。在相同的意义上，他还继承了母业，乐于做思想的接生婆。

不像当时和后来的许多哲学家抱定独身主义，他在婚姻问题上倒是随大流的，而且娶了两个老婆。第一个老婆克珊西帕为他生有一子，后来，据说是因为战争，雅典人口锐减，当局允许讨小老婆，他又娶法官的女儿密尔多，再得二子。克珊西帕是有名的泼妇，一个众所周知的故事是，一次在苏格拉底挨了一顿臭骂之后，克珊西帕又把一盆脏水扣在他的头上，而他只是轻描淡写地自嘲道："我不是说过，克珊西帕的雷声会在雨中结束？"他如此解释与悍妇相处的好处：一旦驯服了烈马，别的马就好对付了；与克珊西帕在一起，他学会了调整自己，从而可以适应任何人。其实他心里明白，和他这样一个不顾家计的人过日子，当妻子的并不容易，所以常常在挨骂后承认骂得有理。他是通情达理的,大儿子忍受不了母亲的坏脾气,向他抱怨,他总是站在母亲的立场上好言规劝。

苏格拉底的家境必定十分清贫。他在法庭上说:"多少年来,我抛开自己的一切事务,只为你们忙,不取报酬,我的贫穷就是证据。"这一点无可怀疑。他自称"业余哲学研究者",与人谈话只是出于爱好,任何人想听就听,自己不要老师的身份,所以也就不收费。当时一班智者靠哲学赚钱,他对此感到震惊,说自称教导德行的人怎么能索取金钱为报酬。他也绝不收礼,认为一个人向任何人收取金钱,就是给自己树立了一个主人,把自己变成了奴隶。对于来自显贵和国王的邀请及礼物,他一概拒绝。一个有钱有势的崇拜者要送他一大块地盖房,他问道:"假如我需要一双鞋子,你为此送给我一整张兽皮,而我竟然接受,岂不可笑?"其实他连鞋子也不需要,无论冬夏都光着脚丫,穿一件破衣。这也许有穷的原因,但更多是为了锻炼吃苦耐劳的能力。

苏格拉底的学生安提西尼创立犬儒哲学,主张把物质需要减到最低限度,以求获得最大限度的精神自由。这个思想实际上肇始于苏格拉底。苏格拉底常说,别人是为了吃而活,他是为了活而吃。他偶尔也出席朋友们的宴会,而且酒量无敌,但平时节制饮食,讨厌大吃大喝。荷马史诗《奥德修纪》中的女巫喀耳刻用巫术把俄底修斯的同伴们变成了猪,他提出歪解:喀耳刻是通过大摆宴席把人变成猪的。有一天,他逛雅典市场,看完后叹道:"原来我不需要的东西有这么多啊!"智者安提丰问他:"哲学家理应教人以幸福,你却吃最粗陋的食物,穿最褴褛的衣服,岂不是在教人以不幸吗?"

他答道："正相反，一无所需最像神，所需越少越接近于神。"

不过，他虽然鄙视物质，却十分注意锻炼身体。其实二者都是为了做身体的主人，使它既不受物欲牵制，又能应付严酷的环境。每天早晨，他都去体育场锻炼，身体健壮超于常人。雅典流行了好几场瘟疫，他是唯一没有被感染的人。他的后半生在长达二十七年的伯罗奔尼撒战争中度过，参加过三次战役，他的强壮体魄——当然，还有他的勇敢——在战争环境中显出了优势。据当时与他一起参战的青年阿尔基比亚德回忆，他的身体具有惊人的适应能力，食品匮乏时比谁都能忍饥，供应充足时又比谁都吃得多。酷寒中，别人皆以毛毡裹身，他却光脚走在冰上。一次战败，全军溃逃，只有他一人从容撤退。他是重装步兵，身上挂满辎重，"昂首阔步，斜目四顾"，一看就不是好惹的，敌人也就不敢惹他。他还单独杀进重围，救出受伤的阿尔基比亚德，事后颁奖，又把奖章让给了阿尔基比亚德。

作为一个哲学家，苏格拉底抱定宗旨，不参与政治。然而，一旦违心地被卷入，他必站在一个正直公民的立场上坚持正义。六十三岁时，他曾代表本族人进入元老院，且在某一天值班当主席。这是他一生中唯一的一次做"官"。当时，雅典海军打了一个胜仗，撤退时，因狂风突起，未能收回阵亡士兵的尸体，人民群情激愤，要求集体判处为首的十将军死刑。就在他当主席的那一天，这个提案交到法庭，他冒犯众怒予以否决。可惜第二天别人当主席，十将军仍不免于死。若干年后，僭主上台，命他和另外四人去捉一个富翁来处死，别人都去了，唯有他抗命。

由上面勾画的轮廓，我们可以看到，苏格拉底具有自制、厚道、勇敢、正直等种种一般人也都称道的美德，这样一个人应该是人缘很好的。最后竟至于遇难，看来只能归因于他喜谈哲学了，似乎全是那张嘴惹的祸。那么，我们且看那张嘴究竟说了些什么，会惹下杀身之祸。

四

按照西塞罗的说法，苏格拉底是第一个将哲学从天上召唤到地上来的人，他使哲学立足于城邦，进入家庭，研究人生和道德问题。这个评价得到了后世的公认。苏格拉底之前的哲学家，从泰勒斯到阿那克萨哥拉，关心的是宇宙，是一些自然哲学家和天文学家。据他自述，他年轻时也喜欢研究自然界，后来发现自己天生不是这块料。所谓不是这块料，大约不是指能力，应是指气质。他责问那些眼睛盯着天上的人，他们是对人类的事情已经知道得足够多了呢，还是完全忽略了。他主张，研究自然界应限于对人类事务有用的范围，超出这个范围既不值得，也不应该。之所以不应该，是因为人不可去探究神不愿显明的事，违背者必受惩罚，阿那克萨哥拉就因此丧失了神智。

苏格拉底的思想发生根本转折，是在四十岁上下的时候。他在申辩中谈到了转折的缘由。有一回，他少年时代的朋友凯勒丰去德尔斐神庙求神谕，问是否有人比苏格拉底更智慧，神谕答复说没有。他闻讯大惊，认为不可能，为了反驳神谕，访问了雅典城内以智慧著称的人，包括政客、诗人、手工艺人。结果发现，这些人都凭借自己的专长而自以为是，不知道自己实际上很无知。于是他明白了：

同样是无知，他们以不知为知，我知道自己一无所知，在这一点上我的确比他们智慧。由此进一步悟到，神谕的意思其实是说：真正的智慧是属于神的，人的智慧微不足道，在人之中，唯有像苏格拉底那样知道这个道理的人才是智慧的。从此以后，他便出没于公共场所，到处察访自以为智的人，盘问他们，揭露其不智，以此为神派给他的"神圣的使命"。"为了这宗事业，我不暇顾及国事家事；因为神服务，我竟至于一贫如洗。"而一帮有闲青年和富家子弟也追随他，效仿他这样做，使他得了一个蛊惑青年的坏名声。

苏格拉底盘问人的方式是很气人的。他态度谦和，仿佛自己毫无成见，只是一步一步向你请教，结果你的无知自己暴露了出来。这往往使被问的人十分狼狈。欣赏者说，他装傻，其实一大肚子智慧。怨恨者说，他是虚假的谦卑。常常有人忍无可忍，把他揍一顿，甚至扯掉他的头发，而他从不还手，耐心承受。最气人的一点是，他总是在嘲笑、质问、反驳别人，否定每一个答案，但是，直到最后，他也没有拿出一个自己的答案来。确有许多人向他提出了这一责备，并为此发火。他对此的辩解是："神迫使我做接生婆，但又禁止我生育。"这一句话可不是自谦之词，而是准确地表达了他对哲学的功能的看法。

上面说到，苏格拉底是从自知其无知开始他特有的哲学活动的。其实，在他看来，一切哲学思考都应从这里开始。知道自己一无所知，这是爱智慧的起点。对什么无知？对最重要的事情，即灵魂中的事情。人们平时总在为伺候肉体而活着，自以为拥有的那些知识，说到底也是为肉体的生存服务的。因此，必须向人们大喝一声，让他们知道自己对最重要的事情其实一无所知，内心产生不安，处于困境，从而开始关心自己的灵魂。"认识你自己"——这是铭刻在德尔斐神庙上的一句箴言，苏格拉底用它来解说哲学的使命。"认识你自己"就是认识你的灵魂，因为"你自己"并不是你的肉体，而是你的灵魂，那才是你身上的神圣的东西，是使你成为你自己的东西。

灵魂之所以是神圣的，则因为它是善和一切美德的居住地。因此，认识自己也就是要认识自己的道德本性。唯有把自己的道德本性开掘和实现出来，过正当的生活，才是作为人在生活。美德本身就是幸福，无须另外的报偿。恶人不能真正伤害好人，因为唯一真正的伤害是精神上的伤害，这只能是由人自己做的坏事造成的。在斯多亚派那里，这个德行即幸福的论点发展成了全部哲学的基石。康德用道德法则的存在证明人能够为自己的行为立法，进而证明作为灵魂的人的自由和尊严，这个思路也可在苏格拉底那里找到渊源。

人人都有道德本性，但人们对此似乎懵懂不知。苏格拉底经常向人说：让一个人学习做鞋匠、木匠、铁匠，人们都知道该派他去哪里学，让一个人学习过正当的生活，人们却不知道该把他派往哪里了。这话他一定说过无数遍，以至于在三十僭主掌权时期，政府强令他不许和青年人谈论，理由便是"那些鞋匠、木匠、铁匠什么的早已经被你说烂了"。其实他是在讽刺人们不关心自己的灵魂，因为在他看来，该去哪里学习美德是清清楚楚的，无非仍是去自己的灵魂中。原来，灵魂中不但有道德，而且有理性能力，它能引领我们认识道德。人们之所以过着不道德的生活，是因为没有运用这个能力，听任自己处在无知之中。在此意义上，无知就是恶，而美德就是知识。

至于如何运用理性能力来认识道德，苏格拉底的典型方法是辩证法，亦即亚里士多德视之为他的主要贡献的归纳论证和普遍性定义。比如说，他问你什么是美德，你举出正义、节制、勇敢、豪爽等等，他就追问你，你根据什么把这些不同的东西都称作美德，迫使你去思考它们的共性，寻求美德本身的定义。为了界定美德，你也许又必须谈到正义，他就嘲笑你仍在用美德的一种来定义整个美德。所有这类讨论几乎都不了了之，结果只是使被问者承认对原以为知道的东西其实并不知道，但苏格拉底也未能为所讨论的概念下一个满意的定义。从逻辑上说，这很好解释，因为任何一个概念都只能在关系中被界定，并不存在不涉及其他概念的纯粹概念。但是，苏格拉底似乎相信存在着这样的概念，至少存在着纯粹的至高的善，它是一切美德的终极根源和目标。

现在我们可以解释苏格拉底式辩证法的真正用意了。他实际上是想告诉人们，人心固有向善的倾向，应该把它唤醒，循此倾向去追寻它的源头。然而，一旦我们这样做，便会发现人的理性能力的有限，不可能真正到达那个源头。只有神能够认识至高的善，人的理性只能朝那个方向追寻。因此，苏格拉底说：唯有神是智慧的，人只能说是爱智慧的。不过，能够追寻就已经是好事，表明灵魂中有一种向上的力量。爱智慧是潜藏在人的灵魂中的最宝贵特质，哲学的作用就是催生这种特质。这便是苏格拉底以接生婆自居的含义。但哲学家不具备神的智慧，不能提供最后的答案，所以他又说神禁止他生育。

苏格拉底所寻求的普遍性定义究竟是观念还是实存，他所说的神究竟是比喻还是实指，这是一个复杂的问题，我不想在这里讨论。在我看来，其间的界限是模糊的，他也无意分得太清。他真正要解决的不是理论问题，而是实践问题，即怎样正当地生活。宗教家断言神的绝对存在，哲学家则告诉我们，不管神是否存在，我们都要当作它是存在的那样生活，关心自己的灵魂，省察自己的人生，重视生活的意义远过于生活本身。

五

现在让我们回到被判了死刑的苏格拉底身边，他已经在狱中待了快一个月了。在此期间，他生活得平静而愉快，与平时没有一点不同。在生命的最后时日，他还突发了文艺的兴趣，把伊索寓言改写成韵文，写了一首阿波罗颂诗。许多富裕朋友想出资帮助他逃亡，均被拒绝，他问道："你们是否知道有什么死亡不会降临的地方？"一个崇拜者诉说："看到你被这样不公正地处死，我太受不了。"他反问："怎么，难道你希望看到我被公正地处死吗？"

监禁第二十八天，有人看见那艘催命船已经开过了附近一个城市，他的老朋友克里托得到消息，天不亮就来到监狱，看见他睡得很香。等他醒来，克里托做最后的努力，劝他逃亡。他举出了种种理由，诸如别人会怪自己不尽力，使自己名誉受污，你遗下孤儿，未尽为父的责任，等等，皆被驳斥。苏格拉底强调，虽然判决是不公正的，但逃亡是毁坏法律，不能以错还错，以恶报恶。

第三十天，行刑的通知下达，若干最亲近的朋友到狱中诀别。

克珊西帕抱着小儿子,正坐在苏格拉底身边,看见来人,哭喊起来:"苏格拉底啊,这是你和朋友们的最后一次谈话了!"苏格拉底马上让克里托找人把她送走。然后,他对朋友们说:"我就要到另一个世界去了,谈谈那边的事,现在正是时候,也是现在可做的最合适的事。"整篇谈话围绕着死亡主题,大意是——

哲学就是学习死,学习处于死的状态。真正的哲学家一直在练习死,训练自己在活着时就保持死的状态,所以最不怕死。为什么这么说呢?因为死无非是灵魂与肉体相脱离,而哲学所追求的正是使灵魂超脱肉体。灵魂不受肉体包括它的欲望和感觉的纠缠,在平静中生存,只用理性追求真理,它的这种状态就叫智慧。不过,活着时灵魂完全超脱肉体是不可能的,所以得不到纯粹的智慧,唯有死后才能得到。

转述到这里,我们不能不提出一个疑问:上述见解要成立,前提是灵魂不随肉体一同死亡,苏格拉底相信灵魂不死吗?似乎是相信的,他做了种种论证,包括:生死互相转化,灵魂若死灭就不能再转为生;认识即回忆,证明灵魂在出生之前已存在;灵魂占有了一个东西,这个东西才有生命,可知灵魂与死不相容。接着他大谈灵魂的修炼、轮回和业报,哲学家的灵魂已经修炼得十分纯洁,因此死后将与天神交往。很难相信这是苏格拉底本人的思想,恐怕多半是柏拉图从东方教义中听来而安在老师头上的。法庭申辩时的一句话透露了苏格拉底的真实想法:"没有人知道死后的情形,大家却怕死,仿佛确知死是最坏境界。我本人决不害怕和躲避好坏尚不知的境界过于明知是坏的境界。"我们至少可以相信,他是怀着快乐的心情迎接死亡的。人们常把天鹅的绝唱解释为悲歌，他却说，它们是预见到另一个世界的幸福就要来临，所以唱出了生平最欢乐的歌。他的临终谈话正是一曲天鹅的绝唱。

最后的时刻来临了。克里托问他："我们怎么葬你？"他答："如果你能抓住我，随你怎么葬。"然后对其余人说："他以为我只是一会儿就要变成尸体的人，还问怎么葬我。喝下了毒药，我就不在这里了。"说完便去洗澡，回来后，遵照狱吏的嘱咐喝下毒药。众人一齐哭了起来，他责备道："你们这些人真没道理。我把女人都打发走，就为了不让她们做出这等荒谬的事来。"在咽气前，他说了最后一句话："克里托，别忘了向医药神阿斯克勒庇俄斯献祭一只公鸡。"这个喜嘲讽的灵魂在脱离他所蔑视的肉体之际，还忍不住要与司肉体治疗的神灵开一个玩笑。

苏格拉底的悲剧就此落下帷幕，柏拉图在剧终致辞："在我们所认识的人中，他是最善良、最有智慧、最正直的人。"的确，不管人们对他的学说做何评价，都不能不承认他为后世树立了人生追求上和人格上的典范。据说在他死后，雅典人忏悔了，给他立了雕像，并且处死了美勒托，驱逐了安尼图斯。也有人指出，所谓惩处了控告者纯属捏造。不过，这些都已经不重要了。重要的是，让我们记住苏格拉底的遗训，关心自己的灵魂，度一个有价值的人生。

不要挡住我的阳光

一

公元前 323 年的某一天，亚历山大大帝在巴比伦英年早逝，年仅三十三岁。同一年，第欧根尼（约前 404—约前 323）在科林斯寿终正寝，享年八十一。这两人何其不同：一个是武功赫赫的世界征服者，行宫遍布欧亚，被万众呼为神；另一个是靠乞讨为生的穷哲学家，寄身在一只木桶里，被市民称作狗。相同的是，他们都名声远扬，是当年希腊世界最有名的两个人。

在两千多年后的今天，提起第欧根尼，人们仍会想到亚历山大，则是因为一个脍炙人口的故事。亚历山大巡游某地，遇见正躺着晒太阳的第欧根尼，这位世界之王上前自我介绍："我是大帝亚历山大。"哲学家依然躺着，也自报家门："我是狗儿第欧根尼。"大帝肃然起敬，问："我有什么可以为先生效劳的吗？"哲学家的回答是："有的，就是——不要挡住我的阳光。"据说亚历山大事后感叹道："如果我不是亚历山大，我就愿意做第欧根尼。"

这真是一个可爱的故事，大帝的威严和虚心、哲学家的淡泊和骄傲，皆跃然眼前。亚历山大二十岁登基，征服欧亚成为大帝更晚，推算起来，两人相遇时，第欧根尼已是垂暮老人了。这位哲学家年轻时的行状可并不光彩，与淡泊和骄傲才沾不上边呢。他是辛诺普城邦一个银行家的儿子，在替父亲管理银行时铸造伪币，致使父亲入狱而死，自己则被逐出了城邦。这是一个把柄，在他成为哲学家后，人们仍不时提起来羞辱他。他倒也坦然承认，反唇相讥说："那时候的我正和现在的你们一样，但你们永远做不到和现在的我一样。"前半句强词夺理，后半句却是真话。他还说了一句真话："正是因为流放，我才成了一个哲学家。"紧接着又是一句强词夺理："他们判我流放，我判他们留在国内。"

离开辛诺普后，第欧根尼是否还到过别的地方，我们不得而知，反正有一天他来到了雅典。正是在这里，他找到了一个老师，开始了他的哲学之旅。老师名叫安提西尼，是苏格拉底的学生。如果说柏拉图从老师的谈话中学到了概念和推理的艺术，把它发展成了一种复杂的观念哲学；安提西尼则从老师的行为中学到了简朴生活的原则，把它发展成了一种简单的人生哲学。对后世来说，这两种哲学同样影响深远。安提西尼身教重于言教，自己节衣缩食，免费招收贫穷学生，怕苦的学生一律被他的手杖打跑。第欧根尼来拜师时，他也举起了手杖，没想到这个犟脾气的青年把脑袋迎了上去，喊道：

"打吧，打吧，不会有什么木头坚硬到能让我离开你，只要我相信你有以教我。"拜师自然是成功了，老师更没想到的是，他创立的犬儒主义哲学在这个曾被拒收的学生手上才成了正果。

我们不知道第欧根尼在雅典活动了多久，只知道他的生活后来发生了一个转折。在一次航行中，他被海盗俘虏，海盗把他送到克里特的奴隶市场上拍卖。拍卖者问他能做什么，回答是："治理人。"看见一个穿着精美长袍的科林斯人，他指着说："把我卖给这个人吧，他需要一个主人。"又朝那人喊道："过来吧，你必须服从我。"这个名叫塞尼亚得的人当真把他买下，带回了科林斯。第欧根尼当起了家庭教师和管家，把家务管得井井有条，教出的孩子个个德才兼备，因此受到了全家人的尊敬。他安于这个角色，一些朋友想为他赎身，被他骂为蠢货。他的道理是，对于像他这样的人，身份无所谓，即使身为奴隶，心灵仍是自由的。他在这个家庭里安度晚年，死后由塞尼亚得的儿子安葬。

犬儒派哲学家主张人应该自己决定死亡的时间和地点，第欧根尼是第一个实践者。据说他是用斗篷裹紧自己，屏息而死的。他太老了，这家人待他太好了，时间和地点都合适。科林斯人在他的墓前竖一根立柱，柱顶是一只大理石的狗头。从前驱逐他的辛诺普人也终于明白，与这位哲学家给母邦带来的荣耀相比，铸造伪币的前科实在是小事一桩，便在家乡为他建造了一座青铜雕像，铭文写得很慷慨也很准确："时间甚至可以摧毁青铜，但永远不能摧毁你的光荣，因为只有你向凡人指明了最简单的自足生活之道。"

二

在拉尔修的《名哲言行录》中，归在第欧根尼名下的有哲学著作十四种、悲剧七种，但拉尔修同时指出，第欧根尼也可能没有留下任何著作。从他那种露宿乞讨的生活方式看，后一种说法似乎更可信。事实上，犬儒派哲学家的确不在乎著书立说，更重视实践一种生活原则。

如同中国的老子，犬儒派哲学家是最早的文明批判者。他们认为，文明把人类引入了歧途，制造出了一种复杂的因而是错误的生活方式。人类应该抛弃文明，回归自然，遵循自然的启示，过简单的也就是正确的生活。第欧根尼尤其谴责对金钱的贪欲，视之为万恶之源。鉴于他曾经铸造伪币，我们可以把这看作一种忏悔。仿佛为了找补，他又强调，他最瞧不起那些声称蔑视金钱却又嫉妒富人的人——不知道他是否指当年驱逐他的人。不过，我们或许同意，嫉妒是一块试金石，最能试出蔑视金钱的真假，嫉妒者的心比谁都更为金钱痛苦。人应该训练自己达于一种境界，对于物质的快乐真正不动心，甚至从鄙视快乐中得到更大的快乐。苏格拉底的另一学生亚里斯提卜创立享乐主义，他的理论可概括为："我役物，而不役于物。"一个人不妨享受物质，同时又做到不被物质支配。安提西尼好像不这么自信，转而提倡禁欲主义，他的理论可概括为："我不役物，以免役于物。"一个人一旦习惯于享受物质，离被物质支配就不远了。两人好像都有道理，从世间的实例看，安提西尼更有道理一些。无论如何，财富的获取、保存、使用都是伤神的事情，太容易破坏心境的宁静。我们对物质的需求愈少，精神上的自由就愈多。第欧根尼喜欢说："一无所需是神的特权，所需甚少是类神之人的特权。"

犬儒派哲学家是最早的背包客，从安提西尼开始，他们的装束就有了定式，都是一件斗篷、一根手杖、一个背袋。安提西尼的斗篷还很破烂，以至于苏格拉底忍不住说："我透过你斗篷上的破洞看穿了你的虚荣。"相当一些犬儒派哲学家是素食主义者，并且滴酒不沾，只喝冷水。第欧根尼曾经有居室和仆人，仆人逃跑了，他不去追赶，说："如果仆人离开第欧根尼可以活，而第欧根尼离开仆人却不能活，未免太荒谬了。"从此不用仆人。盗贼入室，发现他独自一人，问："你死了谁把你抬出去埋葬呢？"他回答："想要房子的人。"后来他连居室也不要了，住在一只洗澡用的木桶里，或者对折斗篷为被褥，席地而睡，四处为家。有一回，看见一个小孩用手捧水喝，他自惭在简朴上还不如孩子，把水杯从背袋里拿出来扔了。他在锻炼吃苦方面颇下功夫，夏天钻进木桶在烫沙上滚动，冬天光脚在雪地上行走，或者长久抱住积雪的雕像，行为很像苦修士，却又是一个无神论者。

对这个一心退回自然界的哲学家来说，动物似乎成了简单生活的楷模。他当真模仿动物，随地捡取食物，一度还尝试吃生肉，因为不消化而作罢。他的模仿过了头，竟至于在光天化日之下交配，在众目睽睽之下自慰，还无所谓地说："这和用揉胃来解除饥饿是一回事。"他振振有词地为自己的伤风败俗之行辩护：凡大自然规定的事皆不荒谬，凡不荒谬的事在公共场所做也不荒谬。既然食欲可以公开满足，性欲有何不可？自然的权威大于习俗，他要以本性对抗习俗。他反对的习俗也包括婚姻，在他眼里，性是最自然的，婚姻却完全是多余的。问他何时结婚合适，回答是："年轻时太早，年老时太晚。"婚姻往往还是"战争之后的结盟"，其中有太多的利益计较。他主张通过自由恋爱和嫖妓来解决性的需要，并且身体力行。有人指责他出入肮脏之处，他答："太阳也光顾臭水沟，但从未被玷污。"如同柏拉图和斯多亚派的芝诺一样，共妻是他赞成的唯一婚姻形式，在这种形式下，财产和子女也必然共有，就断绝了贪婪的根源。

倘若今天我们遇见第欧根尼，一定会把他当作一个乞丐。他一身乞丐打扮，事实上也经常行乞，一开始是因为贫穷，后来是因为他的哲学。他乞讨的口气也像一个哲学家，基本的台词是："如果你给过别人施舍，那也给我吧；如果还没有，那就从我开始吧。"不过，看来乞讨并非总是成功的，至少比不上残疾人，为此他尖刻地评论道：人们在施舍时之所以厚此薄彼，是"因为他们想到自己有一天可能变成跛子或瞎子，但从未想到会变成哲学家"。

安提西尼经常在一个以犬命名的运动场与人交谈，据说犬儒派得名于此。但是，第欧根尼获得狗的绰号，大约与此无关，毋宁说是因为他自己的举止。他从地上捡东西吃，当众解决性欲，太像一条狗了，以至于像柏拉图这么文雅的人也称他是狗。他有时也欣然自称是狗，但更多的时候愤愤不平。一群男童围着他，互相叮嘱："当心，别让他咬着我们。"他尚能克制地说："不用怕，狗是不吃甜菜根的。"在集市上吃东西，围观者喊："狗！"他就忍不住回骂了："你们盯着我的食物，你们才是狗！"在一次宴席上，有些人真把他当作狗，不断把骨头扔给他，他怒而报复，把一盆汤浇在了他们头上。对于狗的绰号之来由，他自己给出的最堂皇的解释是：因为他"对施舍者献媚，对拒绝者狂吠，对无赖狠咬"。其实他的献媚常藏着讥讽，而遭他吠和咬的人倒真是不少。

三

犬儒派哲学家不但放浪形骸，而且口无遮拦，对看不惯的人和事极尽挖苦之能事。这成了他们的鲜明特色，以至于在西语中，"犬儒主义者"（cynic）一词成了普通名词，用来指愤世嫉俗者、玩世不恭者、好挖苦人的人。

安提西尼十分蔑视一般人，听说有许多人在赞扬他，他叫了起来："老天哪，我到底做了什么错事？"第欧根尼更是目中无"人"。他常常大白天点着灯笼，在街上边走边吆喝："我在找人。"有人问他在希腊何处见过好人，他回答：没有，只在个别地方见过好的儿童。在奥林匹克运动会上，民众群情亢奋，他有时也会坐在那里，但似乎只是为了不错过骂人的好机会。传令官宣布冠军的名字，说这个人战胜了所有人，他大声反驳："不，他战胜的只是奴隶，我战胜的才是人。"回家的路上，好奇者打听参加运动会的人是否很多，他回答："很多，但没有一个可以称作人。"剧院散场，观众拥出来，他往里挤，人问为什么，他说："这是我一生都在练习的事情。"他的确一生都在练习逆遵循习俗的大众而行，不把他们看作人，如入无人之境。

第欧根尼有一张损人的利嘴，一肚子捉弄人的坏心思。一个好面子的人表示想跟他学哲学，他让那人手提一条金枪鱼，跟在他屁股后面穿越大街小巷，羞得那人终于弃鱼而逃。一个狗仗人势的人带他参观豪宅，警告他不得吐痰，他立刻把一口痰吐在那个人脸上，说："我实在找不到更合适的痰盂了。"看见一个懒人让仆人给自己穿鞋，他说："依我看，什么时候你失去了双手，还让仆人替你擦鼻涕，才算达到了完满的幸福。"看见一个轻薄青年衣着考究，他说："如果为了取悦男人，你是傻瓜；如果为了取悦女人，你是骗子。"看见一个妓女的孩子朝人堆里扔石头，他说："小心，别打着了你父亲。"这个促狭鬼太爱惹人，有一个青年必定是被他惹怒了，砸坏了他的大桶。不过，更多的雅典人好像还护着他，替他做了一个新桶，把那个青年鞭打了一顿。这也许是因为，在多数场合，他的刻薄是指向大家都讨厌的虚荣自负之辈的。他并不乱咬人，他咬得准确而光明正大。有人问他最厌恶被什么动物咬，他的回答是：谗言者和谄媚者。

第欧根尼的刀子嘴不但伸向普通人，连柏拉图也不能幸免。柏拉图是他的老师的同学，比他大二十多岁，可他挖苦起这位师辈来毫不留情，倒是柏拉图往往让他几分。他到柏拉图家做客，踩着地毯说："我踩在了柏拉图的虚荣心上。"有人指出他乞讨，柏拉图不乞讨，他借用《奥德修纪》中的句子说：柏拉图讨东西时"深深地埋下头，以至于无人能够听见"。他经常用一种看上去粗俗的方式与柏拉图辩论。柏拉图把人定义为双足无毛动物，他就把一只鸡的羽毛拔光，拎到讲座上说："这就是柏拉图所说的人。"针对柏拉图的理念论，他说："我看得见桌子和杯子，可是柏拉图呀，我一点也看不见你说的桌子的理念和杯子的理念。"为了反驳爱利亚学派否定运动的观点，他站起来夸张地到处走动。也许他是故意不按规则出牌，以此解构正在兴起的形而上学游戏。柏拉图对这个刺儿头一定颇感无奈，有人请他对第欧根尼其人下一断语，他回答："一个发疯的苏格拉底。"

几乎所有希腊哲学家都看不上大众宗教，犬儒派哲学家也如此。一个奥菲斯教派祭司告诉安提西尼，教徒死后可获许多好处，他反问："你为什么不赶快死呢？"与此相似，有人也以死后可享特权为由劝第欧根尼入教，他回答道：如果俗人只因入教就享幸福，智者只因不入教就倒霉，死后的世界未免太荒唐了。一次海难的幸存者向神庙献了许多祭品，第欧根尼对此评论道："如果是遇难者来献祭的话，祭品就更多了。"看见一个女子跪在神像前祈祷，他对她说："善良的女人，神是无处不在的，难道你不怕有一个神就站在你背后，看见你的不雅姿势吗？"看见一些夫妻在向神献祭求子，他问道："可是你们不想求神保佑他成为怎样的人吗？"他常说："看到医生、哲学家、领航员，我就觉得人是最聪明的动物；看到释梦师、占卜家和他们的信徒，以及那些夸耀财富的人，我就觉得人是最愚蠢的动物。"在他看来，在宗教之中，除了美德的实践，其余都是迷信。人们往往不知道自己应该要什么，向神所求的都不是真正的好东西。说到底，德行本身就足以保证幸福，我们为善只应该为了善本身的价值，不应该为了邀神的奖赏或怕神的审判。

四

让我们回到第欧根尼与亚历山大相遇的时刻，他对大帝说出了那句著名的话："不要挡住我的阳光。"现在我们可以对这句话做一点也许不算牵强的诠释了。人在世上真正需要的是什么？无非是阳光——阳光是一个象征，代表自然给予人的基本赠礼、自然规定的人的基本需要、合乎自然的简朴生活。谁挡住了阳光？亚历山大——亚历山大也是一个象征，代表权力、名声、财富等一切世人所看重而其实并非必需的东西。不要挡住我的阳光——不要让功利挡住生命，不要让习俗挡住本性，不要让非必需挡住必需，这就是犬儒派留给我们的主要的哲学遗训。

除了简朴生活原理外，第欧根尼还有两个伟大发明。一是"世界公民"。有人问他来自何处，他答："我是世界公民。""世界公民"（Cosmopolite）应该读作"宇宙公民"，"世界"并不限于人类居住的范围。在他之前，阿那克萨哥拉已把宇宙称作自己的祖国，第欧根尼也说"唯一的、真正的国家是宇宙"，因此"万物都是智慧之人的财产"。另一发明是"言论自由"。有人问世界上最好的东西是什么，他的回答便是"言论自由"。在这两个发明之间也许还有某种联系，世界公民当然不会囿于群体利益，而群体利益常是禁止言论自由的主要理由。所以，"不要挡住我的阳光"还可增加一个含义：不要让政治挡住哲学，不要让群体利益挡住思想自由。

对于那些想受教育却不想学哲学的人，安提西尼有一妙比，说他们就好像一个人看上了女主人，却为了图省事只向女仆求爱。第欧根尼则直截了当地向他们责问道："既然你不在意活得好不好，为什么还要活着呢？"哲学何以能使人活得好呢？依据第欧根尼之例，也许可以这样来理解——哲学能够使我们安心地躺在土地上晒太阳，享受身体和心灵的自由，而对一切妨碍我们这样做的东西说："不要挡住我的阳光！"

图书在版编目（CIP）数据

我们都是孤独的行路人：全新修订版 / 周国平著
.—长沙：湖南文艺出版社，2020.7
ISBN 978-7-5404-9646-3

Ⅰ.①我… Ⅱ.①周… Ⅲ.①散文集－中国－当代
Ⅳ.①I267

中国版本图书馆 CIP 数据核字（2020）第 067790 号

上架建议：文学·散文

WOMEN DOU SHI GUDU DE XINGLUREN: QUANXIN XIUDING BAN
我们都是孤独的行路人：全新修订版

作　　者：周国平
出 版 人：曾赛丰
责任编辑：刘雪琳
监　　制：邢越超
策划编辑：李彩萍　闫　雪
特约编辑：王　屿
版权支持：姚珊珊
营销支持：文刀刀
版式设计：李　洁
封面设计：尚燕平
内文插图：视觉中国
出　　版：湖南文艺出版社
　　　　　（长沙市雨花区东二环一段508号　邮编：410014）
网　　址：www.hnwy.net
印　　刷：三河市中晟雅豪印务有限公司
经　　销：新华书店
开　　本：880mm×1270mm　1/32
字　　数：232 千字
印　　张：8
版　　次：2020 年7月第1版
印　　次：2020 年7月第1次印刷
书　　号：ISBN 978-7-5404-9646-3
定　　价：49.80 元

若有质量问题，请致电质量监督电话：010-59096394
团购电话：010-59320018